KB149626

다시 시작하는 이들을 위한
이불 밖 리얼 조언

나는 36세 신입사원입니다

나는 36세 신입사원입니다

초판인쇄	2019년 5월 27일
초판발행	2019년 5월 31일

지은이	좌경효
발행인	조현수
펴낸곳	도서출판 프로방스
마케팅	최관호 최문섭
IT 마케팅	신성웅
디자인 디렉터	오종국 Design CREO

ADD	경기도 고양시 일산동구 백석2동 1301-2 넥스빌오피스텔 704호
전화	031-925-5366~7
팩스	031-925-5368
이메일	provence70@naver.com
등록번호	제2016-000126호
등록	2016년 06월 23일
ISBN	979-11-88204-97-7 03810

정가 15,000원

다시 시작하는 이들을 위한
이불 밖 리얼 조언

나는 36세
신입사원입니다

좌경효 지음

P. 프로방스

프롤로그 | Prologue

"많이 힘드시죠?"

의사 선생님이 툭 던진 말 한마디에 눈물이 펑펑 쏟아졌다. 극심한 감기 몸살로 웬만해서는 병원에 잘 가지 않던 내가 의사와 마주 앉았다. 그렇게 한참을 우는 동안 의사도 간호사도 나를 가만히 지켜보기만 했다. 나 같은 사람이 꽤 많은가 보다. 아니면 민낯에 검정 패딩을 입고 아기 띠를 하고 있는 내가 안쓰러워 보였을까? 그래도 그날 그렇게 의사가 던진 말 한마디로 정신이 번쩍 뜨였다. 이렇게 맥없이 살지 않겠다고 말이다.

7년 동안 회사에 다녔었고, 하고 싶었던 것을 이루어 보고자 사표를 던지고 나왔다. 그러나 생각지도 못하게 아이가 생기는 바람에 무직이 되었고, 주부가 되었다, 직업란에 가끔은 "기타"로 체크를 해야 하는 존재가 되어 버렸다. 내 인생에 정말이지 내가 없는 상태를 맞이했다. 나라는 존재를 잊어 갈 즈음, 보험회사에서 연락이 왔다. 내 얘기는 전혀 들을 생각이 없어 보이는 상담사가 한참 동안 보험 상품에 대해 설명을 했다. 흘러가는 질문으로 계속 회사에 잘 다니고 있는지 물었다.

"관뒀어요."

"네?"

"회사 안 다닌다고요."

"아. 그럼 그냥 집에……. 계시는…….건가요?"

그렇다. 집에 있는 존재다. 잠시 정적. 내가 무직이라는 이유, 주부가 되었다는 이유만으로 보험 갱신 시 보험료가 변동될 수 있다는 설명을 급하게 했다. 세상이 그런가 보다. 주부라는 직업을 얻게 된 순간 점점 작아져만 갔다. 그리고 지금의 현실이 하루하루 믿기지 않았지만, 바꿀 수 없다는 생각과 절망만 가득했다. 그 누구도 나에게 눈치를 주지는 않았지만, 무기력하게 하루를 살아갈 뿐이었다.

매달 날아오는 아파트 관리비, 공과금 고지서를 보면 스스로가 위축됐다. 바꿔야 했다. 내 인생이다. 내가 바꾸고, 내가 움직여야 했다.

지금 이 순간 당장 할 수 있는 일!

아이를 재우면서 한 손은 아이를 토닥이고, 한 손으로는 핸드폰을 만지면서 취업 사이트를 뒤졌다. 몇 시간 만에 취업 관련 카페에 가입했고, 휴면계정으로 바뀌어 버린 구직 사이트 아이디를 살려냈다.

그렇게 내 나이 34살에 다시 사회를 향해 걸어 나올 준비를 시작했다. 그동안 경력은 취업 시장에서 휴지 조각 같았다. 경력 있는 신입을 반기기도 했으나, 때로는 경력이 부담스럽다며 함께 일하는 것을 꺼리기도 했다. 경력은 있어도 문제였고, 없다면 나이가 문제였을 것이다. 이유야 어떠했든, 계속 퇴짜를 맞았다. 조급함에 신입이든 경력직이든 묻지 마 지원을 하기 시작했다.

"귀하의 능력은 매우 우수하나 ~ 한정된 인원을 선발하여야 하는"으로 끝나는 "불합격" 통보 메일을 쉴 새 없이 받았다. 그런 연락조차 없는 회사도 태반이다. 눈을 낮추고, 이력서를 정비하고, 면접에 대한 나름의 스킬을 키웠다. 그렇게 계약직이지만 첫 출근을 하게 됐다. 기뻤다. 공백이 있던 나에게 이제 그 공백은 무색해졌고, 비록 계약직이지만 또다시 뛰어오를 수 있는 발판이 생겼다고 생각했다. 그동안 회사가 나를 꺼렸던 이유에 대해 고민했고, 회사에서 나를 찾는 사람이 되려고 했다. 계약직으로 일하는 동안 또 다시 취업을 준비했다. 그렇게 늦었지만 신입사원이 되었다.

수없이 취업을 향해 문을 두드리는 비슷한 상황의 누군가에게, 혹은 나이 때문에 점점 취업 시장에서 위축되고 있는 취업준비생들에게 나의 파란만장한 사회생활 진입기가 힘이 되길 바란다.

2019년 5월 봄날에...

저자 **좌경효**

Contents | **차례**

Part. 03

Part. 04

Part. 05

다시 시작하는 이들을 위한 이불 밖 리얼 조언 _ 197

PART 01

나는 36세 신입사원입니다

“

지금 당장 해보지 않으면
무엇을 좋아하는지 알 수 없다.
일단 흥미가 생긴다면 해보자.
자신에게 투자하는 것에
망설이지 않는
그대들이 되길 바란다.

”

직장인의 혹독한 사춘기

비록 아무도 과거로 돌아가 새 출발을 할 순 없지만, 누구나 지금 시작해
새로운 엔딩을 만들 수 있다. - **칼 바드**

'남들 다 취업하니까, 나도 먹고는 살아야지!'

그렇게 직장인이 됐다. 운 좋게 대기업 인재개발실에서 첫 사회생활을 시작했다. 2007년 취업 시장도 녹록지는 않았다. 그 와중에 취업을 해야 한다는 절실함은 있었을지 모르나, 어디서부터 어떻게 해야 할지 몰랐던 나는 뒤늦게 취업 준비를 시작했다. 취업을 위해 휴학을 할 여유도 없었고, 똑똑해서 성적 장학금을 탈 만큼 인재도 아니었다. 다들 두 달이면 토익점수 800점, 900점대를 찍었다. 거기에 4점대의 학점을 자랑하며 원서를 넣고 있었다. 난 그 당시 취업할 때 760점이라는 초라한 토익 성적표와 인사담당자가 가장 쓸데없다고 생각한다는 한자능력 2급 자격증이 전부였다. 그럼에도 불구하고 소위 대기업에 취업을 했고, 직장인이 됐다.

고등학교를 졸업하고 대학에 가야 하는 것처럼, 대학교를 졸업하면 직장에 들어가야 했다.

'가고 싶은 기업이 없다.'

소위 잘나간다는 대기업들인 삼성, LG, OO은행, OO증권사 등을 말할 때도 시큰둥했다. 그래도 일단 졸업과 동시에 돈을 벌고 먹고 살아야 했기에 원서를 냈다. 매달 4만 원이 넘는 토익시험을 봤음에도 점수는 그대로였고, 직무적성검사 학원에 다녀가면서 공부를 했어도 번번이 떨어졌다. 그럼에도

'먹고 살아야 했다.'

그래서 셀 수 없는 불합격 통보를 받으면서도 눈물 흘릴 여유도 없이 계속 자기소개서를 쓰고 지원을 했다. 그러다 덜컥 취업이 된 것이다. 뭔지 모르지만 기뻤다.

더 이상 회사가 원하는 분량에 맞춰서 내 인생을, 나의 소개를 적을 필요가 없어졌기 때문이다. 그렇게 정신없이 과연 이게 나의 의지인지 아닌지도 모른 채로 직장인이 된 것이다.

신입사원 입문교육, 시험, 평가, 멘토링 등등 회사는 학교보다 더 철저하게 신입사원들을 교육했다. 정신없이 3개월 정도 흐르자, 내가 해야 하는 고유 업무들도 생겼다. 그렇게 점심시간이면 밥을 먹고 한 손에는 커피를 쥐고 사무실로 들어가는 평범한 직장인이 되어갔다.

시간이 지날수록 회사생활의 고단함은 이어졌다. 연차가 늘수록 업무가 늘어났다. 참으로 신기한 게 매일 매일 일은 하는데, 다음날도 매일 매일 일이 생겼다. 그리고 중간중간 떨어지는 팀장의 업무지시, 회식, 깊은 듯 얕은 회사 사람들과의 인간관계.

회의감이 들었다. 뒤늦게 사춘기가 왔다.

'내가 좋아하는 게 뭔지 모르겠어.'

좋아하는 걸 찾고 싶었다. 고등학생 때는 사관생도가 되고자 운동장을 뛰며 꿈을 키우던 시절이 있었다. 물론 성적이 내 앞을 가로막아 진로를 바꾸게 됐지만 말이다. 그래도 그때는 좋아하는 게 있었다. 그런데 지금은 매일같이 지옥철을 타고 새벽에 출근하고, 저녁달을 보면서 퇴근을 했다. 매주 월요일이면 전체 회의를 했는데 그 시간이 오전 7시 30분이었다.

"참석할 수 있는 사람만 나오세요."

이 말이 더 무섭다.

'그냥 오라고 하지.'

어떤 날은 새벽같이 출근을 해도 회의를 이미 하고 있었던 적도 있었다. 다행인지 불행인지 회사가 집에서 멀다 보니 오히려 일찍 출근했던 나는 팀장의 눈에 꽤 괜찮은 직원으로 보였던 것 같다. 그래서 법학전공을 하고 법무팀에 지원했던 나를 인재개발실로 발령을 냈다. 덕분에 교육과 인사업무를 고루 해볼 수 있는 기회를 얻었다. 다만 그 업무를 하는 데 있어 나의 정신적인 스트레스는 배가 됐다.

숨 막히게 조용한 사무실이 싫었다. 키보드 소리만 간신히 나고,

조용조용 말해야 하는 분위기가 점점 갑갑해졌다. 게다가 일개 사원이다. 잡스러운 일을 다 처리하고도 업무가 어떻게 결정되는지를 알 수가 없었다. 실컷 엑셀을 이리저리 돌려가며 팀장의 눈에 들도록 자료를 만들었다. 영문도 모른 채 빨간 펜으로 그어진 문서를 받고 이렇게 저렇게 고쳐서 다시 보여주기에만 급급했다.

그게 내 일이었다. 내 머릿속으로 창작을 한다던가, 혹은 기획을 하는 일 따위는 없었다. 회사 내부 직원들의 가장 중요한 인사발령 사항을 다루는 일이었으니 충분히 그럴 만 했다. 그런 걸 알면서도 보람이나 성취감 따위는 느낄 수 없었다.

회사생활이 먹고 사는 돈벌이이긴 하다. 그렇다고 연봉만 많이 준다고 하면 과연 행복할까? 이왕 밤새도록 일할 것이라면 돈이라도 많이 받아야 맞다. 그러나 난 둘 다 아니었다. 연봉도 별로였고, 일은 많았다. 무서운 팀장 밑에서 마침표 하나, 끝 글자 하나 없으면 그렇게 혼이 났다. 맞지 않는 팀장과 일을 하면서 정신도 망가져 갔지만, 내 얼굴도 망가져 갔다.

"성인 여드름" 얼굴에 하나둘씩 뭔가 올라오더니 아주 가관이었다. 화장으로도 가릴 수 없는 수준이 되자 피부과를 찾았다.

"스트레스받지 마세요. 밀가루 먹지 마세요. 커피 그만 드세요. 카페인 안 좋습니다."

다 맞는 말이다. 나도 스트레스받기 싫고, 밀가루 안 먹고 싶고, 그 비싼 커피 마시고 싶지 않다. 그런데 출근과 동시에 믹스 커피의 시작이다. 그리고 점심에 어떻게 밥만 먹고 사는가. 직장인들이 그나마 숨 쉴 수 있는 건 점심시간이다. 그때 먹고 싶은 거라도 맛있게 먹어야 한다. 그리고 밀가루가 안 들어간 음식을 찾아보자. 피자, 파스타, 돈가스, 칼국수, 라면, 떡볶이, 빵, 어느 하나 포기할 수 없다. 먹는 것마저 못 먹게 한다면 회사에 다닐 수도 없을 것이다. 회사에 다니는 의미도, 돈을 버는 이유도 없어질 것이다.

점심을 먹고 난 뒤 커피는 그냥 코스가 되어 버렸다. 배가 아무리 불러 터질 것 같아도, 커피 들어갈 공간은 있다. 그리고 이게 다 먹고 살자고 하는 일이다. 비싼 백은 못 살지언정, 비싼 커피라도 한잔 들고 마시는 게 소소한 행복이었다. 그 무렵 피부과에 다니기 시작했다. 내 월급이 마치 피부과 원장님의 월급을 주기 위해 존재하는 것처럼 내 월급의 반은 고스란히 피부과로 갔다.

임신 계획이 있다면 3개월 정도 약을 중단해야 할 만큼 독한 약을 먹었다. 그럼에도 나의 성난 얼굴은 쉽게 가라앉지 않았다. 가뜩이나 회사 생활도 힘든데 얼굴까지 형편없으니 스트레스는 더해갔다.

회사라는 조직은 참으로 대단하다. 직원들이 정말 힘들어서 못 하겠다 싶을 때 "승진"이라는 카드를 내민다.

000씨. 라고 불리다가 "000 대리님?"이라고 불러주면 그게 또 좋다. 그리고 내가 여기서 헛일한 건 아니구나. 그래도 이곳에서 나의 노고를 알아주는구나 싶어서 다시 한번 회사에 다니게 된다. 그럼에도 불구하고 이 회사에서 원대한 꿈을 찾고 펼쳐 보이겠다는 생각은 안드로메다에 간 지 오래다.

"회사는 버티기다."

입사와 동시에 직장인들이 고민하는 건 '퇴사' 다.

생각했던 것과 다르다. 기대했던 것과 다르다. 일이 마음에 안 든다. 회사가 마음에 안 든다. 뭔지 모르겠지만 이건 아니다 등등.

퇴사를 하기까지 나름대로의 고민은 물론이거니와 답을 찾고자 노력했다. 한편으로는 이 회사를 더 다녀보고자 업무에 대해 고민도 해봤다. 결론은 자신에게 있다. 그리고 그 결정에 후회가 생길 수도 있고, 그렇지 않을 수도 있다. 그 누구도 그대들의 결정에 잘했다 잘못했다는 말할 수는 없다. 퇴사를 하고 한동안 직장을 잡지 못할 수도 있다.

그렇다고 퇴사의 결정이 잘못된 것일까?

퇴사를 이미 경험해 본 사람의 입장에서 퇴사를 쉽게 하는 사람은 단언컨대 한 명도 없다. 1분이든 혹은 하루든, 몇 년이든 엄청난 고민을 한다. 고민을 하다가 결론을 내지 못한 채 몇 년이 흐르기도 한다. 그런 고민이 바로 퇴사인 것이다.

이직할 회사를 정하지 않은 채 퇴사를 하는 직장인들에게 걱정과 우려 섞인 눈빛을 보내기도 한다. 혹은 다른 회사를 구하고 퇴사를 하라는 조언도 한다. 다른 회사가 정해졌다면 지금의 퇴사는 바른 선택이기에 그런 것일까?

내 주변에도 퇴사를 하고 다른 회사로 이직한 친구들이 있다. 뜬금없이 연락이 와서는 말한다.

"사직했어."

내심 놀랐지만, 단 한번도 왜 그랬느냐고 말하지 않았다. 이직할 회사를 구했는지도 묻지 않았다. 퇴사하기까지 혼자 얼마나 고민했을지 알기에 그저 잘했다고만 말해주었다.

우리 삶이 회사에 다니려고만 사는 건 아니지 않은가. 다만 퇴사를 하기까지 머릿속으로의 고민만이 아니라, 앞일을 위해서 "무엇"을 해야 할지에 대해 스스로의 계획은 있었으면 좋겠다. 물론 그것조차 정해지지 않았더라도 잘못된 것은 아니다. 당장의 앞날도 생각하지 못할 만큼 지금이 너무 힘들다는 반증이다.

다행히 나는 퇴사 후 무엇을 해야 할지에 대해 충분히 고민했고, 계획을 세울 수 있었다. 그럼에도 불구하고 사직을 통보하고 마지막 출근을 하는 그날까지도 어려웠다. 어쨌든 그간 몸담았던 곳이고, 이력을 쌓았던 곳이다. 특히나 첫 직장의 경우는 더더욱 묘한 감정이 교차한다.

그 어떤 말에도 휘둘리지 말고, 묵묵히 결정하라.

모든 것이 되는 법

당신은 한 가지 일만 선택할 필요가 없다. **-에밀리 와프닉**

특별한 재능이 없는 나다. 뭘 해도 중간이다. 이게 제일 나쁘다. 아예 못하면 포기를 하겠는데, 어중간한 중간은 포기를 하기도 계속 도전을 하기도 애매하다. 그런데 난 또 이것저것 하고 싶은 게 많다.

좋아하는 것과 하고 싶은 것은 엄연히 다르다.

커피를 좋아하지만, 그렇다고 바리스타를 하고 싶지는 않다. 책은 좋아하지만, 동네 서점 사장님이 될 생각은 없다. 그저 경험해보고 싶고, 새로운 걸 느껴보고 싶은 마음이 크다.

법학을 전공하고 당연히 회사에 지원할 때는 법무팀을 썼었다. 그래야 하는 줄 알았다. 법학을 전공했다 한들 법에 대해 어디 가서 아는 척할 수 있는 처지는 아니지만, 그렇다고 뾰족한 다른 방법이 없었다. 그러나 신입사원 연수 후 배치받은 곳은 인재개발실이었다. 회사에서는 여기저기 외부 교육기관에 보내며 가르치기 시작했다. 생각지도 못한 팀과 업무였지만, 오히려 재미있기도 했다.

역량(근로자가 해당 업무를 수행할 수 있는 능력), CDP(Career Development Program), KPI(Key Performance Index) 등 모르는 말 투성이었다. 그때 교육을 들으면서 담당 교수님께 질문도 해가며 나도 모르게 그 분야에 적극성을 띠기 시작했다. 해보니 재미있었다.

그리고 타 회사 교육팀과 미팅도 갖고 정보도 공유했다. 거기에 회사에서 하는 교육이 있으면 진행도 해봤다. 사람들 앞에 나가서 교육에 관한 설명, 강사가 오기까지 기다리는 동안 시간을 때우는 농담 등, 생각보다 잘 해내고 있었다.

일단 업무 만족도가 높았다. 교육업무를 하면 외부에 나갈 일이 잦았기 때문에 사무실에 틀어박혀 있는 갑갑함도 잊을 수 있었다. 게다가 법학 이외에 다른 분야를 배우니 설레었다. 금방이라도 내가 거

대한 성과를 낼 수 있는 전문가가 될 수도 있겠다는 생각도 했었다.

'교육전문가가 돼야겠다.'

참으로 단순한 성격인지라, 업무 조금 해봤다고 난 또 교육전문가가 되겠다는 포부를 세웠다. 외부 온라인 교육 업체와 미팅을 하면서 우쭐거릴 수도 있었고, 내가 원하는 방향의 교육체계를 수립해 볼 수도 있었다.

그러던 중 회사에서 나를 인사팀으로 발령 냈다.

직원은 그저 회사가 시키는 대로 해야 하는 존재다.

또다시 새로운 업무를 하게 됐다. 직원의 채용, 퇴사, 파견직, 비정규직 관리 등 말 그대로 인사관리였다. 직원들의 세세한 인사 정보를 다루고, 승진이나 부서 이동 등 민감한 사항을 다뤘다. 직급이 낮은 관계로 결정적인 인사 정보에 대해 알 수는 없었다. 연차도 얼마 되지 않은 내가 인사관리 업무를 맡았다는 것 자체에 의미를 두었다.

비정규직 업무를 하려면 관련 법률을 자세히 알고 있어야 했다.

그때 한창 비정규직 법안 개정을 가지고 논란이 있던 시기다. 다행히 대학 시절 노동법을 한번이라도 읽고 왔기에 업무를 시작할 수 있었다. 그곳에서 노무 관련 업무가 꽤 괜찮구나 싶었다.

괜찮은 분야라고 느꼈던 이유는

첫째, 배울 수 있다.

둘째, 전문가가 될 수 있다.

회사업무는 전문 분야가 아닌 경우라면, 일정 기간 업무를 하다 보면 누구나 할 수 있는 일들이 대부분이다. 그러나 노무 관련 분야는 나름 특화되어 있었다. 공인노무사라는 전문 자격증을 취득하여 나름의 영역을 구축할 수 있는 부분이 있다.

그저 책 보는 것이 좋았던 나는 그렇게 업무를 하면서 공인노무사라는 직업도 알게 되었다. 그 당시에는 사법고시 외에는 학교에서도 공인노무사 시험을 보라고 말하는 사람이 없었다. 공인노무사는 그저 사법고시를 준비하다가, 혹은 불합격했을 때 선택하는 마지노선 같은 시험이었다. 나 역시도 공인노무사에 대해 그 당시에는 꽤나 생소했었다.

어쨌든 남들보다 더 많이 배운다면 전문가가 될 수 있겠다는 생각이 들었다. 그래서 퇴근하고 다닐 수 있는 학원도 알아봤고, 책도 샀다. 학교 선배 중에 공인노무사가 있다는 것도 그때 처음 알았다.

이때까지만 해도 공인노무사라는 자격증이 내 인생의 또 다른 시작과 끝을 장식하게 될 줄은 몰랐다. 일을 해보고 경험해보는 과정에서 알았다.

'책 보는 게 좋아. 가만히 앉아서 한 분야 파는 것도 괜찮겠다.'

업무적으로는 외근이 많고 사람들을 많이 만나는 걸 좋아했다. 토론하고, 내 의견을 말하고 서로 공유하는 과정이 좋았다. 그 와중에 좋은 아이디어가 생기고, 결과물이 나올 때면 짜릿하기까지 했다. 거기에 내가 노무 분야의 전문가가 되면 그런 사람들 앞에서 내가 말을 하고, 내가 주인공이 될 수 있는 것이다.

이렇게 새로운 일에 대해 난 거부감이 없다. 경험해 보지 않은 것을 해보는 것을 좋아했다. 그러다 보니 이것저것 알아보고 해본 것들이 많다.

우연히 Emilie wapnick의 TED강연을 보게 됐다. 에밀리 와프닉은 강연가이자, 디자이너, 영화인 등 수많은 관심사와 많은 일을 하는 사람이다. 이 사람을 보고 어느 누구도 한 가지 일만 하지 않는다고 손가락질하지 않는다.

강연에서도 말한다.

What if there are a lot of different subjects that youre curious about, and many different things you want to do?

(여러분이 호기심을 갖는 주제가 다양하고 하고 싶은 일도 많다면요?)

well, there is no room for someone like you in this framework.

(이런 틀 안에 여러분 같은 사람을 위한 자리는 없습니다.)

나 같은 사람이 있었다. 심지어 이 사람은 다능인(multipotentialite)이라며 결코 이것이 잘못된 것이 아님을 말해주고 있었다.

서두에 말했듯이 특별한 재능이 없다. 다만 이것저것 해보고 싶은 게 많다. 덕분에 각종 강연을 쫓아다니고 책을 사고, 학원을 등록하면서 돈도 많이 썼다. 꼭 한 분야 전문가의 단계에 오르지 않아도 상관없다. 새로운 일을 해보면서 나한테 맞지 않는 분야라는 것만 알아도 귀한 경험이다.

특히 재취업을 하려고 할 때 직업상담사가 권해주는 다양한 교육들.

이를테면 쇼핑몰 창업, 네일아트 등은 내가 한 번씩 배워봤던, 혹은 알아봤던 분야였다. 덕분에 내가 취업을 할 때는 굳이 다른 걸 배워서 진로를 바꾸기보다 기존에 하던 일을 이어서 하기로 빨리 마음먹을 수 있었다.

요즘에는 원데이클래스가 활성화되어서 우리가 경험해 볼 수 있는 분야들이 많다.

아래 소개하는 곳은 내가 자주 프로그램을 찾고, 시간이 되면 참여하는 곳이다.

■ **마이크임팩트 스쿨**(micinpactschool.com)

명사의 강연도 많고, 부동산, 주식, 각종 취미(코바늘, 드럼, 글쓰기 등) 수업들이 알차다. 시간대도 오전 오후 타임 고르기 쉽다. 강의장 역시 깨끗하고, 내가 들어본 수업의 강사님들은 모두 만족스러웠다. 그리고 스피닝, DIY 등은 외부 전문가가 직접 운영하는 곳에서 실시하기도 한다. 덕분에 다양하고 양질의 수업들이 많이 개설되어 있다.

이곳에서 마인드맵 수업, 책읽기, 월급쟁이 재테크 수업 등을 들었다. 대부분 1번의 수업이다 보니 비용도 저렴하다. 퇴근하고 집에서 뒹굴 거릴 바에는 이곳에서 차 한잔 마시면서 강의를 들어보자. 이런 강의를 추천하는 이유는 "자극"이다. 얼마나 많은 사람들이 강의를 들으러 오는지 본다면 지금 생활을 반성할 수 있고, 활력소가 되기도 한다.

흥미가 있는 모든 분야에 전문가가 되지 않아도 좋다. 다만 다양하게 배워보고 경험한 것들이 우리 인생을 바꿀 수도 있다.

■ KT&G 상상마당 아카데미

다소 비용은 있으나, 기대한 것 이상의 수업들이 많다. 대기자로 접수되는 경우도 많다. 그만큼 호응도와 만족도가 높다는 반증이기도 하다. 글쓰기 수업과 직장인 대상 보고서 쓰기 수업은 적극 추천하고 싶다. 취업준비생도 직장인도 결국 글로서 능력을 보여줘야 하기 때문에 전문가의 노하우를 듣는 일은 중요하다. 열심히 공부하고 근처 멋진 카페에서 머리를 식힐 수 있다는 것도 장점이다.

■ 저자 강연회

요즘에는 카페에서 저자들과의 만남을 이어주는 곳이 많다. 사회생활 시작 전에 혼자 많이 다녔다. 물론 그 뒤로도 책의 저자 강연을 자주 찾는 편이다. 특히 사회생활 공백이 있고, 주변에 소통할 사람이 많지 않은 경우라면 추천해주고 싶다. 다른 사람이 살아온 얘기를 들으면 위안을 삼을 수도 있고, 활력소가 되기도 한다. 번뜩이는 아이디어가 생각날 수도 있고, 나도 모르게 쌓여있던 스트레스가 해소되기도 한다.

지금 당장 해보지 않으면 무엇을 좋아하는지 알 수 없다. 일단 흥미가 생긴다면 해보자. 자신에게 투자하는 것에 망설이지 않는 그대들이 되길 바란다.

영원한 스펙 전쟁

우리는 다른 사람과 같아지기 위해 인생의 3/4을 빼앗기고 있다. – **쇼펜하우어**

2007년 이후 들어오는 신입사원들의 지원서를 보면 참으로 대단하다. 교환학생, 어학연수, 봉사활동 도대체 언제 이 많은 걸 해냈는지 놀라울 정도로 이력서는 빈틈없이 빼곡하다. 갈수록 치열해지고, 갈수록 취업은 어렵다. 모두가 비슷한 스펙을 갖추기 때문이다.

과도한 스펙 쌓기의 폐해에 대한 우려의 목소리도 높다.

"인크루트 자료에 따르면, 최근 1년 내 구직경험이 있는 회원을 대상으로 취업 사교육비 지출 실태를 살펴보았더니 취업 사교육을 위해 발생한 비용은 1인당 평균 342만 7천 원 정도를 지출한 것으로 나타났습니다."

(통계청, 2019.1.4.)

토익과 스피킹 점수는 물론이거니와 언제부턴가 제2외국어 점수도 가세를 했다. 특히 중국 시장에 대한 열망으로 중국어가 오히려 영어보다 대세인 듯한 느낌도 받았다. 그 와중에 난 760점이라는 초라한 토익 성적표로 취업을 했던 것이다. 심지어 이곳에 앉아 취업준비생들의 자기소개서와 이력서를 보고 있는 인사담당자가 되어 있었다.

당시에는 지원자들의 자기소개서를 전부 프린트해서 전년도 입사자들이 한 번씩 읽어보고 판단할 수 있도록 했다. 다른 기업들도 회사에 지원한 이력서나 자기소개서를 분명히 철저히 검토할 것이다.

가끔 취업준비생들이 내 자기소개서를 읽어보기는 하는 건지라는 볼멘소리를 한다. 나 역시도 자기소개서를 읽어 보기나 하고 날 떨어뜨리는 건지 묻고 싶었었다. 그런데 어쨌든 내가 몸담았던 회사에서는 소중하게 지원서를 보고 회사에 맞는 인력을 찾고 있었다.

그리고 그 어떤 회사도 허투루 지원서를 보지는 않을 것이라 믿는다.

'고스펙이 전부는 아니다.'

그 당시 내가 지원자들의 이력서를 보고 느낀 점이다. 그리고 어떻게 이곳에 들어올 수 있었는지 이해가 되기도 했다.

회사마다 원하는 인재에 대한 무언의 기준이 있는 듯하다. 잘나가는 대학 출신에 토익과 대외활동, 학교성적까지. 어느 것 하나 부족함이 없는 지원자들이 넘쳐난다.

그렇다고 모두 합격할 수 있을까?

760점 토익 성적표에 한자 자격증만 갖고 있음에도 취업이 된 이유. 나와 맞는 회사가 있는 것이다. 물론 취업준비생 입장에서는 답답하다. 사람도 아니고 맞고 안 맞고를 어떻게 알 수 있을까. 그래서 자기소개서에서라도 그 회사에 내가 맞음을 적극적으로 어필해야 한다. 한편으로 생각하면, 절대 우리들의 능력이 너무나 하찮기에 취업을 못 하는 것이 아니라는 것도 말해주고 싶다.

당시 최종면접에서 나에게 물었던 질문이다.

"토익성적이 너무 낮습니다. 어떻게 경쟁력을 갖출 수 있지요?"

당연히 영어 성적에 관한 질문을 할 것이라 예상했었다. 그래서 질문에 대비할 1분짜리 영어 멘트를 미리 만들어서 외우고 갔다. 누가 날 툭 건드리기만 해도 입에서 술술 나올 정도였다. 아니나 다를까 예상이 적중했고, 질문에 대답을 했다.

토익 점수가 만점이라고 해서 말하기까지 능통하지는 않다. 어차피 영어는 언어이고, 꾸준히 환경에 노출되고 연습해야 실력이 는다. 그 당시 면접에서 유창한 1분짜리 멘트로 썰을 풀고 나니 면접장 분위기는 완전히 내 쪽으로 넘어왔었다.

당연히 더 이상 나의 영어 실력을 가지고 추가적인 질문도 나오지 않았다. 면접관들이 나의 1분짜리 발표를 보고 내 영어 실력이 뛰어나다고 판단하지는 않았을 것이다. 다만, 본인의 약점을 알고 치밀하게 준비해온 모습을 통해 충분히 발전할 가능성이 있겠다는 확신 정도는 주었다고 생각된다.

면접은 사람을 뽑는 자리다. 내 옆에 두고 서로 시너지를 내면서 일할 수 있는 사람을 찾는 것이다. 스펙은 스펙대로 물론 중요하겠지만, 설사 그렇지 못하다 하더라도 기죽지 말자.

불합격했다고 그대들이 살아온 인생이 실패한 인생은 아니다. 단지 나와 맞지 않는 회사일 뿐이라고 단순하게 생각하자.

상투적일지 모르나, 취업에 계속 실패한다고 인생까지 실패하는 것은 아니다.

언제부터 그렇게 직장인이 되겠다고 목매었는지 생각해보자. 서두에 말했듯이 난 없었다. 누구나 먹고살아야 되고, 사회적으로 남들 눈에도 괜찮아 보이는 조직에 소속되는 것을 바랄 뿐이다. 보잘것없어 보였던 토익점수가 어떤 기업에서는 꽤 괜찮은 점수라고 여겨질 수도 있다. 법에 대해서 하나도 모르는 나지만, 경우에 따라서는 그런 것과 상관없이 꼭 한번 함께 일해 보면 좋겠다고 생각하는 회사도 있을 것이다.

회사에 입사하고서도 스펙 쌓기는 여전히 진행되어야 했다. 2년은 빨리도 와서 토익점수를 갱신해야 한다. 참으로 아이러니한 것은 지금도 내 토익점수는 760점이라는 거다. 심지어 간간히 토익시험을 준비했다. 유명 토익 강사의 강의도 들었다.

8시간 동안 하루 종일 진행되는 토익 수업도 들었다. 대학생들 틈에서 25살, 27살, 29살, 2년마다 그렇게 토익 공부를 했다. 그때 내가 들었던 수업은 점심 먹을 시간도 주지 않고, 그 자리에 앉아서 김밥 한 줄을 먹어가며 듣는 수업이다.

그러고 보니 그 당시의 내 청춘도, 이 글을 읽고 있을 취업준비생도 안쓰럽다.

특히나 영어에 대해 스스로가 콤플렉스가 있고 위축되다 보니 끊임없이 잘하고 싶었다. 그리고 회사에서는 업무는 물론이거니와 영어 잘하는 사람을 좋아했다.

영어를 잘하면 회사에서 주는 기회의 폭이 늘어났다. 그렇지만 사람이 안 되는 게 있나 보다. 리스닝을 어느 정도 해놓으면 문법이 내 발목을 잡았다. 성격상 안 되는 걸 알면 그만둘 줄도 알아야 하는데, 그걸 또 붙잡느라 스트레스를 받았다. 다들 2달 만에 토익 900점을 받는다는데 왜 그중에 들어가지 못할까.

소위 일타 강사라고 하는 유명 토익 강사의 강사를 들어도 내 성적은 그대로이거나 혹은 의미 없는 몇 점이 오를 뿐이었다. 지난달에 앉아있던 수강생이 아직도 점수를 못 올리고 이번 달도 보인다며 독설을 내뱉는 강사의 말을 들어가며 수업을 듣고 문제를 풀었다. 그래도 좀처럼 점수는 오르지 않았다.

어찌 됐든 난 뒤처져갔던 것 같다.

자신에 대해 점점 자신감도 없어졌다. 간신히 대리까지 승진은 했지만, 그 이상은 힘들겠다는 생각도 들었다. 거기에 각종 자격증은 보는 것마다 떨어졌다. 워드 필기시험도 떨어질 정도였다. 운전면허 실기도 재수를 했다. 뭘 해도 안 되는 시기였구나 싶다가도, 내 스스로가 그렇게 한심스러울 수가 없었다. 부끄러워서 말도 못 할 정도였다.

그렇게 애써가며 회사에 입사해서도 여전히 스펙은 높아져야 하고, 자기계발은 끝이 없어야 한다.

물론, 회사도 돈을 버는 곳이다. 당연히 양질의 인력을 구해서 성과를 내고 돈을 벌어야 하는 곳이다. 그러니 조금이라도 나은 인재를 찾는 것이고, 거기에 걸맞도록 우리는 토익시험을, 자격증을, 봉사활동을 하는 거다. 다만 이 끊임없는 스펙 전쟁이 나는 너무 힘들었다. 소소하게 성취감을 느끼기는커녕 내 아래로 후배들을 받으면서 위축되기만 했다.

그래서 공무원 시험을 알아봤다. 마침 회사 근처에 직장인들을 대상으로 저녁에 수업을 하는 학원이 있었다. 나에게 투자하는 것에 누구보다 관대한 난 덜컥 등록을 했다. 상담 한번 없이. 그냥 공무원을 해야겠다는 단순한 생각 하나로 말이다. 공무원 시험을 쉽게 봤다. 목숨 걸고 하루 12시간씩 공부하는 수험생들도 있는데, 월 수 금 저녁 3시간 수업만 들으면 합격하는 시험인 줄 알았다. 돈은 돈대로 쓰고, 짧은 공무원 시험공부는 끝이 났다.

업무는 업무대로 하면서도, 이렇게 퇴근 후에는 신기루처럼 보이지 않는 무언가를 잡기 위해 매달렸다. 회사에 다니기는 싫지만, 다니는 동안은 인정받고 싶었다. 게다가 고스펙자가 갈수록 양산되는 취업 시장에 다시 나갈 만큼의 자신감이 없었다. 자꾸 뒤처지는 것 같은 불안감이 무서웠다. 점점 난 감정을 숨기는 존재가 되어갔다.

업무 지시에 늘 "네"라고 대답하게 된 것도 이즈음이다.

이때쯤 언제까지 회사를 다닐 수 있을지에 대해 고민을 했다. 업무는 업무대로, 역량은 역량대로 갖추어야 한다. 내 개인적인 압박감이었을지 모르겠다. 그저 잘하고만 싶었다. 그래야 한다고 생각했다.

새벽 4시에 일어났다. 영어회화수업을 등록해서다. 새벽 6시 수업을 들으려면 어쩔 수 없다. 일단 시험은 없으니 부담감은 덜 했다. 잠을 많이 줄여야 하는 괴로움만 빼면 말이다. 새벽 6시 강의에 얼마나 출석할까 했지만, 열혈 직장인은 역시나 많다. 결석 한번 없이 6개월을 꼬박 수강했다. 얼굴에는 피곤함이 덕지덕지 붙었다. 그래도 생각보다 재미있었다. 그때 매일 아침이면 만나서 공부하는 같은 반 직장인들과 친분도 생겼었다. 잠시라도 영어가 내 인생에서 스트레스가 아닌 기간이기도 했다.

결과는 어땠을까. OPIC시험 결과는 IM(inter mediate)이었다. (지금은 성적 결과가 더 세분화 되어있음) 6개월 꼬박 영어를 배운 사람치고는 실망스러운 성적이다. 중간이다.

정말 내 인생은 중간, 그 이상도 이하도 아닌가 보다. 그렇게 난 절망했다.

"항상 너보다 잘난 사람들이랑 비교하지 마."

친구가 말한다. 왜 그렇게 피곤하게 사냐고. 그냥 안 되면 그만하라고. 안 되는 걸 붙잡는 이유가 뭐냐고. 눈물이 난다. 늘 안 돼서. 늘 나에게는 딱 거기까지라서 말이다. 여름휴가 기간 동안 2주짜리 단기 어학연수를 다녀올까 고민도 했었다. 솔직히 어느 정도의 영어 실력을 원하는지 나도 모른 채 말이다. 그저 점수였다. 남들이 날 인정해주고 인정받을 수 있는 숫자가 필요했을 뿐이었다.

'셀런던트 ' 직장인이면서 동시에 학생인 사람을 이르는 말이다. '직장인' 을 의미하는 영어 'salary man' 과 '학생' 을 의미하는 영어 'student' 가 합해져 만들어졌다. 끊임없이 새로운 지식을 업그레이드해야만 생존할 수 있는 직장인의 신세를 비유한 말로, 경쟁사회에서 도태되지 않기 위해 몸부림치는 직장인의 처지를 반영하고 있다.

[네이버 지식백과] 샐러던트 [saladent] (대중문화사전, 2009. 김기란, 최기호)

요즘은 너무나 당연하게 받아들이는 말이다. 남몰래 공부하고, 혹은 회사에 다니면서 대학원을 다니는 일은 당연한 수순처럼 보일 정도다. 다만 이런 공부의 60%는 불안감에서 비롯되었다는 것이 문제다. 아예 요즘은 전 국민이 '평생교육' 이라는 말도 한다.

평생교육은 '학습-일-여가의 유연한 연계' 를 추구한다고 한다. 여가란 본래 학습이나 일에서의 자유를 의미한다. 그러므로 이것은 사실상 '여가의 죽음' 을 의미한다. 평생학습시대 이전에는 사람들이 일하느라 바빴지만, 지금은 배우느라 바쁘다.

(反기업 인문학, p164 인물과 사상사)

사회생활을 하면서 자신의 역량을 높이는 노력은 당연할지도 모르겠다. 다만, 어떤 분야로의 역량을 높일지에 대해 한 번쯤 고민해 볼 필요는 있겠다. 내가 회사에 다닐 당시에도 1인 브랜드라는 말을 많이 들었다. 회사가 내 미래까지 보장해 주지 않는다는 말은 그때도 있었다. 직장인이라면 그 회사에서 요구하는 기본적인 역량을 계속 관리해야 하는 필요도 있다. 다만, 그 역량의 초점에 회사가 아닌 '내 인생' 이라는 큰 틀을 보고 필요한 부분을 개발시키는 것을 권하고 싶다. 더 이상 토익이라는 영어 성적에 목숨 걸지 않는다.

우리가 죽을 때 "Nothing lasts forever."(영원한 건 없다.)라고 영어로 말하며 이 세상을 떠날 것은 아니지 않은가.

이제 영어는 가끔 해외여행이라도 나가게 됐을 때 식당에서 음식을 주문하는 정도, 혹은 길을 묻는 정도면 그만이다. 더 이상 남들이, 혹은 사회에서 바라는 점수에 목매지 않는다.

물론 취업 시장에서는 영어성적을 요구한다.

웬만한 메이저 공기업을 준비한다고 하면 최소 800점 이상의 점수가 기본적으로 필요하다. 다만 회사생활을 해 본 사람은 알 것이다.

막상 우리나라 회사에서 영어를 쓸 일이 결코 많지 않다는 것을 말이다.

내가 하고 싶은 일 찾기

지금으로부터 20년 후에, 당신은 당신이 한 일보다 하지 않았던 일들을
더욱 후회할 것이다. 그러니 뱃머리를 묶고 있는 밧줄을 풀어 던져라.
안전한 항구에서 벗어나 항해를 떠나라.
당신의 항해에 무역풍을 타라. 탐험하라. 꿈꾸라. 발견하라. -**마크 트웨인**

아침이 오지 않길 바라며 잠든 적이 많다. 영혼 없이 몸만 이끌고 회사에 갔다. 명동 한복판에 20층짜리 거대한 회사를 보고 멈칫하고 주변을 맴돌다가 출근하기도 했다. 점심시간에는 속이 너무 답답해서 근처 성당에 앉아있기도 했다.

명동과 을지로. 웬만한 회사의 본사들이 많이 있다. 점심시간이면 우르르 직장인들이 몰려나온다. 점심을 먹고 한쪽 구석에서는 삼삼오오 담배를 피운다. 또 다른 한쪽에서는 테이크아웃 잔에 담긴 커피를 한 개씩 들고 벤치에 앉아서 쉰다. 목에는 회사의 사원증을 걸고 말이다. 직장인의 점심시간이다. 밥은 빨리 먹고 잠시라도 차 한 잔을 마시면서 콧바람을 쐬는 거다.

회사에 다니다 보면 누구나 슬럼프가 온다. 보통 3년 주기로 온다는 말이 많다. 물론 그 주기가 사람에 따라 더 빨리 오기도 한다. 어쨌든 그 주기가 빨리 오건 안 오건 중요하지 않다.

중요한 건 그 기간을 얼마나 빨리 극복하느냐다.

회사를 오래오래 잘 다니는 직원들을 유심히 보면 대개 3가지 부류다.

첫 번째, 진짜 회사를 좋아하는 사람.
두 번째, 회사 뒷담화를 밥 먹듯이 하지만, 속으로는 애사심이 넘치는 사람(은근히 야망도 있음),
셋째, 타고나기를 일을 잘하는 사람(일을 잘하니 회사에서 인정도 받고 회사 다닐 맛이 날 수도 있다.)

난 회사를 오래 다니긴 했지만, '잘' 다니지는 못했다. 회사에 만족해하지도 않았을 뿐만 아니라, 일을 잘 하지도 못했다. 퇴근 후에도 머릿속에서 떠나질 않는 업무 생각을 잊고자 다시 운동을 시작하기도 했었다. 땀이라도 실컷 내다보면 그나마 괜찮았다. 그런데 이마저도 회사에서 야근이 잦아지면서 힘들어졌다. 한 달에 15만 원이라는 회비를 내고도 업무에 치여 운동을 못 하니 회사에 점점 더 정이 떨어져 갔다.

여자 나이 스물일곱.

직장생활에 어느 정도 적응하고, 한참 생각이 많을 시기다. 이대로 회사에 다니는 것이 맞는지에 대한 고민. 결혼은 언제 하며, 할 수는 있는 건지. 꼭 해야 할지, 이 회사는 언제까지 다닐 수 있는지 등등. 나 역시도 그랬다.

스물여섯과 스물일곱은 느낌이 달랐다. 애매한 경력으로 이직을 하는 것도 쉽지 않았다. 그렇다고 신입으로 원서를 넣자니 그동안 내 회사 경력이 물 경력이 되는 것 같아 망설였다. 그저 고민만 늘었고, 일에도 집중할 수 없었다.

"회사 다니기 싫을 때, 옆에 백화점 가서 질러. 카드값 보면 다닐 수밖에 없어."

명언이다. 덕분에 내 카드값은 감당하지 못할 정도였고, 저축은커녕 월급은 그저 스쳐 지나갔다. 물론 이것도 얼마 가지는 않았다. 왜

냐하면 덜컥 사표를 던져버리고 나올 만큼 퇴사를 고민하게 되면서 지출을 줄여야 했기 때문이다.

그때 우연히 보게 된 책이 임희영 작가의 "여자 스물일곱, 너의 힘을 던져라"라는 책이다. 서점에서 단숨에 읽고도 책을 사서 소장을 했다. 읽고 또 보고, 덮어뒀다가도 또 읽어봤다. 그리고 작가가 운영하는 인터넷 카페를 통해서 다양한 세상을 접하게 됐다.

플로리스트, 파티 · 돌잔치 플래너, 쇼핑몰 운영, 메이크업아티스트, 기술 이민 등 살면서 단 한번도 생각해보지 않았던 분야에 대해 알게 됐다. 새로웠다. 그저 대학가고, 취업하는 게 전부인 줄 알았던 나에게는 말이다. 그리고 그 모임에서 정말 다양한 회사와 일을 하는 사람들이 많다는 것도 알았다. 보통의 회사원들보다 더 많은 돈과 시간과 여유를 즐기는 것을 보고 스스로를 돌아보기도 했다.

이때부터다.

'내가 하고 싶은 일 찾기.'

토익책만 붙들던 나다. 대학 때도, 회사원이 돼서도 늘 영어만 잘

하면 된다고 생각했던 나다. 그런데 이제는 진짜 하고 싶은 일을 찾기 시작했다.

일단, 각종 강의를 찾아다녔다. 궁금했다. 쇼핑몰 운영하는 법, 플로리스트 되는 법, 메이크업아티스트 되는 법 등 정말 세상에는 다양한 직업이 많다.

보통 퇴근 이후 시간에 강의가 진행되었다. 덕분에 기를 써가면서 그날 업무를 끝냈다. 야근을 해야 하는 상황에서도 새벽에 일찍 나와서 업무를 끝내고 강의를 들어야 한다는 마음 하나로 일을 했다. 강의를 들으면서 놀랐던 건 강사 대부분이 평범한 직장인에서 직업을 바꾼 경우라는 것이다.

스물일곱 살. 그 당시에 이렇게 열심히 회사생활 이외의 것에 눈을 돌린 결과는?

여전히 내가 하고 싶은 일은 찾지 못했다.

다만, 나에게 맞지 않는 분야는 골라냈다.

그래서 아이를 낳고 공백 기간이 생겼을 때도 플로리스트, 쇼핑몰, 네일아트는 배울 생각도 하지 않았다. 맞지 않다는 걸 스스로가 알아서다. 심지어 마술도 배워봤다.

교육 업무를 하면서 강사가 늦는 경우 5분에서 10분 정도 공백이 생기면 써먹어야지 하는 생각에 배웠던 내용이다. 3번 강의를 들었다. 재미는 물론 있는데, 성격상 맞지는 않았다. 일단 손이 작아서 카드 마술은 상대방이 속임수를 눈치챘다. 그게 아니면 카드를 잘 떨어뜨렸다. 강사분도 여자 마술사가 흔치 않다고는 했다.

물론 전문 마술사가 되려고 한 건 아니다. 다만 한번 배워봤으니, 살다가 혹시라도 마술에 흥미에 생겨서 생계를 내팽개쳐지는 일은 없을 것이다.

짧지만 경험을 해봤고 스스로가 맞지 않다는 걸 알게 됐던 중요한 시간이었다.

직업상담사와 상담을 한 적이 있다. 흔히들 공백 기간이 생기면 창업을 하라거나, 혹은 기술을 배우라고 한다. 나라에서도 지원을 해주고 말이다. 그런데 다시 사회로 나오려는 사람들은 새로운 기술을 배우려고 하는 것이 아니다. 원래 내가 하던 업무를 이어서 하고 싶을 것이다.

물론 지나치게 공백이 길어져서 도저히 경력을 살리기 어려운 경우가 아니라면 말이다. 설사 그 기간이 너무 오래되었다 할지라도 새로운 무언가를 배운다는 것은 무척이나 힘든 일이다.

여기서 또 다른 문제는 자신감이다.

난 공백이 2년 반 정도이니 꽤 긴 편은 아니다. 그럼에도 회사에 취업을 하면 적응할 수 있을까? 일할 수 있을까? 라는 고민을 했다. 취업도 하기 전에 말이다. 그래서 으레 다른 분야를 찾게 된다. 그렇게 여러 직종의 직업에 대해 탐색 기간을 거쳤던 나도 그랬다. 맞지 않는 걸 알면서도 왠지 위축돼서 기술을 배워야 하는 건가라는 고민이 계속 이어진다.

3년 전후의 공백이라면 자신감을 갖자.

가만히 생각해보면 독립열사가 되어 나라를 구하라는 것이 아니다. 앉아서 컴퓨터를 붙들고 업무 처리만 "잘"하면 되는 거다. 우린

불과 몇 년 전에 사무실에 앉아 그렇게 일을 처리해왔다. 기죽지 않아도 좋다. 생각해 보자. 우리가 회사에서 만난 동료들 중에 범접할 수 없었던 능력자가 과연 몇이나 되었는지 말이다. 어떻게 저런 사람이 회사에 들어왔을까 싶었던 동료도 있지 않은가. 회사는 동료들과 어우러져 시너지를 낼 수 있는 사람이면 족하다.

결혼해도 난 나다

명확히 설정된 목표가 없으면, 우리는 사소한 일상을 충실히 살다
결국 그 일상의 노예가 되고 만다. **-로버트 하인라인**

"애는 바로 낳을 거야?"

당황스럽다. 요즘은 저런 질문이 실례라며 함부로 묻지 않지만, 여전히 묻는 사람이 있기는 하다. 미혼에서 기혼이 되니 저런 질문도 듣게 됐다. 결혼을 한 당사자인 나도 생각해 보지 않았던 "아이"

결혼도 덜컥 한 나다. 살면서 결혼이라는 것을 하게 될 줄 한번도 생각하지 않았던 사람이다. 그런 내가 여차저차 결혼을 했다. 결혼을 하고 보니 회사에 다니는 기혼 여자들이 달리 보인다.

'여기 여자직원이 몇 명이었지?'

'애를 낳았던가?'

'임신하면 저렇게 배가 커지는구나.' 등 새로운 모습이 눈에 들어왔다.

그리고 갑자기 아이를 언제 낳아야 하는지에 대한 일종의 "숙제"가 생겨버렸다. 솔직히 나에게 애를 낳으라고 강요(?) 혹은 눈치를 줬던 가족은 없다. 그저 나 혼자만 제출해야 하는 숙제가 생긴 것이다.

지금까지 봐왔던 직원들의 결혼과 출산의 모습은 어땠지?

임신을 하면 배가 불러온다. 만삭일 때는 앉아있는 모습조차 힘겨워 보였다. 출산휴가를 최대한 쓰기 위해 정말이지 당장 애가 나오기 직전까지 회사에 출근하는 직원을 봐왔다. 심지어는 예정일보다 일찍 애가 나와 버려서 직원이 대신 휴직 신청서를 제출해주기도 했다. 배가 불쑥 나와 있는 상태로 일하는 직원에게 업무를 더 많이 맡길 수는 없다. 오히려 휴직 기간을 대비해서 미리미리 업무를 나눠 갖는다.

철없을 시절에는 이런 생각도 했다.

'이렇게까지 하면서 회사를 다녀야 해?' 라고 말이다.

다행히 회사에서는 아이가 생겼다는 이유, 출산을 하였다는 이유로 퇴사를 종용하는 곳은 아니었다. 그냥 때가 돼서 아이를 낳으면 자연스럽게 육아휴직을 사용했다. 그리고 돌아왔다. 물론 돌아올 때는 업무가 바뀔 수도 있고, 팀이 변경되기는 했다.

어쨌든 미래가 그렇게 눈앞에 보였다. 혼자만의 느낌이었을지도 모르겠다. 그렇지만 적어도 아이를 낳은 후에는, 혹은 결혼을 한 뒤로는 나를 바라보는 시선이 달라졌다고 생각됐다. 공교롭게도 신혼여행을 다녀온 뒤에 승진 시험에서 보기 좋게 떨어졌다.

요즘은 결혼을 다들 늦게 할뿐더러, 아이를 낳는 것조차도 꺼리는 추세다. 나 역시도 출산을 숙제로 받아들였으니 지금의 세대는 더욱 심하지 않을까 하는 생각이 든다.

"젊은 여성과 남성은 아이를 갖기에 가장 좋은 시점이 언제인지 묻기도 한다. 가장 좋은 시점은 없다. 커리어의 관점에서 보면, 알맞은 때는 결코 없다. 아이를 갖는 것은 엄마의 커리어 전진을 한동안 늦출 수밖에 없기 때문이다. 아빠가 육아에 적극적으로 참여한다며, 아빠의 커리어도 늦어질 수 있다. 개인적인 관점에서 봤을 때, 아이를 원한다면 언제나 알맞은 시점이다. 원하는 아이를 갖는 일은 진정으로 경이로운 일이며, 내가 생각할 수 있는 한 기적에 가장 가까운 일이다."

[뒤에 올 여성들에게, 마이라 스트로버]

결혼을 하고 아직 아이를 갖지 않은 직원들이 많이 물었던 질문이다. 그리고 출산이라는 숙제를 마치고 지금도 회사에 다니고 있다는 모습을 부러워했다. 여자들의 그 마음을 충분히 이해한다. 누구보다 자신의 인생이 소중하고, 열심히 배웠으며 지금까지 달려온 세대가 우리이기 때문이다.

한 가지만 기억하자.

오늘 결혼을 했다고 내일 내가 사라지지 않는다. 오늘 아이를 낳고, 하루아침에 엄마나 아빠 소리를 듣게 되더라도 나는 사라지지 않는다. 변하는 상황에 대처할 만큼 우리는 충분히 지혜로우며, 무엇을 걱정하든 당장 눈앞에 벌어지지는 않는다.

"밭에 누워 하늘이 무너질 것을 걱정한다."는 속담이 있다.

저런 속담이 있는 걸 보면 우리 조상님들도 쓸데없는 걱정을 많이 하셨는가 보다. 괜한 걱정은 접어두자. 걱정은 걱정일 뿐이었고, 현실이 눈앞에 닥쳤을 때는 스스로 그 해답을 찾아가도록 되어 있는 것이 인간이다.

'직장인에게 승진이란?'

인사팀에 있었던 이점 때문인지, 3년 차에는 바로 승진을 했다. 당시에는 승진에 관해 관심도 없었다. 같이 입사했던 동기들 중 몇 명은 승진을 하지 못했다. 그 때만 하더라도 내 일이 아니기에 크게 신경 쓰지도 않았다. 그저 승진에 미끄러진 동기들에게

"내년에 하면 되지."

라는 영혼 없는 위로를 해줬을 뿐이다.

이랬던 내가 승진에 미끄러지자 생각이 많아졌다. 회사는 싫지만, 다니는 동안 일 잘한다는 소리는 듣고 싶은 게 사람 마음이다. 그리고 회사에서 인정받는 느낌, 혹은 소문이 나면 기분이 좋다. 그리고 적어도 나에게 승진은 회사생활의 당연한 과정이라고 밖에 생각되지

않았었다. 그저 한 해가 지나면 나이 한 살을 더 먹듯이 말이다.

게다가 최초로 승진에 시험이 시행됐던 해이다. 업무 능력과 별개로 내 이름 석 자에 점수가 매겨지는 것이다. 너무나 부끄러웠다. 물론 나 말고도 과장을 달지 못한 동기도 있었다. 그렇다고 그게 위로가 되지는 않았다. 창피했고, 속상했다. 인사팀에서 나의 승진 시험 성적을 두고 비웃지는 않았을지 등 별의별 생각이 다 들었다. 물론 나에게 전부 괜찮다는 위로를 건넸다.

위로를 들을수록 더욱 비참했다. 그리고 괜히 이게 다 결혼을 했기 때문인가라는 생각도 들었다. 미국 여행 티켓을 취소해가면서까지 준비했던 승진시험이기에 충격은 배가 됐다.

'내가 이렇게 열심히 일을 했는데도, 승진? 그까짓 게 안 될 수도 있다고?'

머릿속에 생각이 많이 늘었던 시기다. 계속 일할 수 있을지에 대한 고민과 쉬고 싶다는 생각이 함께 들었다. 그러고 보니 살면서 쉬어본 적이 몇 번이나 있는가. 이상하게 늘 불안했다.

'일하다가 실수하면 어떡하지?'

'내가 한 판단이 잘못된 거라면 어떡하지?'

'내가 확인 안 한 메일이 생기면 어떡하지?'

갈수록 스스로 자신이 없어졌다. 회사에서는 점점 붕 떠버리는 기분도 들었다. 열심히는 했지만 실속이 없었다. 잘한다고 생각했지만 성과가 눈에 보이지는 않았다.

'월화수목금금금'

이 무렵, 살면서 가장 많은 업무를 처리했다. 남편의 입에서도 회사를 관두라는 얘기가 나올 정도였다. 쉬지 않고 일을 하면 업무에 대한 불안감이 줄어들 줄 알았다. 그렇지 않았다. 늘 일을 하니 머리가 쉬질 못했고, 더욱 업무 생각에 힘들어질 뿐이었다.

그저 묵묵히 소처럼 일하면 회사에서 나를 인정해주는 것으로 착각했었나 싶다. 직장인이니 업무를 잘해야 하는 건 당연했고, 더불어 날 포장해줄 스펙도 필요했다. 영어 한마디 안 쓰는 직원이더라도 토의 성적표를 내야 하는 것처럼 말이다.

상황이 이러하니 점점 내 인생을 챙겨야 했다. 아무리 봐도 회사 생활을 오래 못하겠다는 생각이 들었다. 갈수록 생각은 확신으로 변했다. 그동안 알아봤던 수많은 직업군에 대해 정리했고, 과연 그중에서 할 수 있는 것이 무엇인지 어느 때보다 진지하게 고민하게 되었다.

인재개발실에서 일하는 동안 알게 된 공인노무사.

회사에 다니면서 1차 시험에 합격했다. 바로 이거다 싶었다. 중간 인생인 나에게도 잘하는 게 있구나 하고 말이다. 하기야 틈틈이 공인노무사 시험을 위해서 공부를 했었다. 주말에 출근을 하더라도 오전에는 강의를 들었다. 사람이 무언가 좋아하는 일이 생기면 앞뒤 안 보고 덤벼들게 된다. 정말 오랜만에 하루 24시간이 부족하다는 생각이 들 만큼 공부했다.

그리고 화려하게 공인노무사로서의 삶을 사는 내 모습을 상상했다. 임금체불, 부당해고 등 근로자들의 입장에서 이들을 대변해주는 나의 모습 말이다. 심장이 뛰었다. 가슴 뛰는 일을 하라는 자기계발서 서적의 제목들처럼 말이다.

그렇게 천천히 퇴사를 준비했다. 퇴직금으로 버텨나갈 수 있는 시간과 공인노무사 시험을 준비할 수 있는 최대한의 기간 등을 꼼꼼하게 계획했다.

2014년에 사직서를 발송하려고 보니 "작성 중 문서함"에 2008년 1월에 만들어 놓은 사직신청서가 있었다. 그 오랜 기간 고민을 했던 거다. 직장인이라면 누구나 사직신청서 한 번쯤은 클릭해 보았을 것이다. 동시에 다른 무언가를 시도하느냐 마느냐도 고민해 봤을 것이다. 그럼에도 우리가 회사에 다니는 이유, 다니게 되는 이유는 저마다 다르다. 그리고 생계와 연관된 사직에 대한 결정은 그 누구도 쉽게 하지 않는다.

그러나 가슴 뛰는 일을 하기 위해 사직서를 던지고 퇴사를 했다.

출근이 두려운 그대에게

출근하자마자 자료 달라 하지 마라.
빌 게이츠도 그렇게 빨리 못 켠다. -**회의하는 회사원 중에서**

회사생활은 힘들다.

우스갯소리로 돈을 내고 다니는 학교생활도 힘든데, 돈을 받으러 가는 회사는 오죽하겠느냐는 얘기도 한다. 기가 막힌 비유다. 연봉이 높아지는 이유도 팀장으로부터 욕을 더 많이 먹는 대가라고 하지 않는가.

인생을 살면서 가장 힘든 시기가 언제였는지 생각해보면 "지금"이다. 수능을 앞둔 고3 때는 인생의 단맛 쓴맛을 다 본 것처럼 텅 빈 운동장에 앉아 대한민국의 교육 현실을 비판하며 힘들어했다. 그리고 대학생이 돼서는 고3 힘든 건 추억이었다고 했었다.

대학생이 된 뒤에는 혼자 용돈을 벌어야 하고, 학점은 학점대로 관리해야 하는 그보다 더한 세계가 기다리고 있었기 때문이다. 금방 취업준비생이 되어 취업 전쟁에서 고군분투할 때는 역시 그때가 또 제일 힘들다는 생각이 든다. 그 시기도 지나 회사원이 된 지금은 어떨까.

'그땐 그랬지.'

지나고 나면 추억처럼 곱씹을 수 있는 이야기가 취업 준비할 때의 얘기다. 마시지도 못하는 술을 마셔보기도 했고, 고시원 방에서 혼자 울어도 봤다. 물론 직장인이 된 뒤에는 그 시절이 좋았다기보다는 그렇게 힘들게 공부하고 경쟁을 뚫어 가며 들어온 회사인데 고작 이러려고 그랬었나 하는 헛헛한 마음이 들 뿐이다. 회사라는 곳은 대부분의 직장인에게 그런 곳인가 보다.

'퇴사학교' 라는 곳이 있다고 한다. 얼마나 많은 직장인들이 퇴사를 생각하고, 고민하고, 정말 퇴사를 하기에 이를 준비해주는 학교까지 생겨난 것일까. 퇴사에는 답이 없다. 혼자 고민하고, 친구에게 물어본들, 설사 사직이 답이라는 대답을 들었다 한들 결정은 내 몫이다. 요즘에는 퇴사를 하고 마음껏 여행도 다니고, 정말 하고 싶은 일을 찾는 직장인들의 이야기가 많다. 나 역시도 그런 얘기를 들으며 그런 삶을 꿈꿔보기도 했다. 그러나 개개인에게 처한 상황이 모두 녹록지는 않다. 매달 나가야 하는 고정 지출이 있다면 더욱이 사직을 선택하기 힘든 것이 현실이다. 그리고 이직할 곳을 마련해두고 사직을 하는 것이 베스트 답안이라고는 하나, 꼭 그렇지만도 않다.

그리고 직장을 다니면서 이직 준비를 한다는 것은 결코 만만한 일이 아니다. 퇴근 후에 녹초가 되어 집에 돌아온 뒤 입사지원서를 제출하기는커녕 컴퓨터를 켜는 것조차도 힘겨운 것이 사실이다. 게다가 면접이라도 잡히는 날이면 별별 사유를 갖다 대가며 연차를 써야 한다.

직장인 사춘기 자가 테스트

- 할 일이 있지만, 계속 미룬다.
- 주변 사람과의 관계가 귀찮다.
- 의욕이 사라져 모든 것이 귀찮고 늘어진다.
- 주 5회 이상 무겁게 처지는 느낌을 받는다.
- 이렇게 살려고 회사에 들어왔나 하는 생각이 든다.
- 현재 하고 있는 일을 계속해야 한다고 생각하면 끔찍하다.

• 걱정 때문에 잠이 오지 않는다.

• 딱히 하고 싶은 것이 없다.

• 사는 게 재미없다.

6개 이상 해당된다면, 당신은 직장인 사춘기를 겪고 있는 중이다. 누구나 자라면서 겪는 사춘기를 심하게 겪는 이도 있고, 언제 사춘기가 있었나 싶은 생각이 들 만큼 조용히 지나가는 사람도 있다. 직장인 사춘기도 마찬가지다. 다만 우리는 청소년이 아니기에 사춘기를 슬기롭게 해결해 나갈 방법을 스스로 찾을 수 있다는 것이다.

그리고 직장인 사춘기는 방법을 찾아야 완치가 가능하다.

왜 출근이 두려운지.

연봉인지, 직장 상사인지, 답이 없는 업무 때문인지, 그저 심신이 지친 건지 생각도 해보자. 지하철 속에서 핸드폰만 볼 것이 아니라, 내 앞날을 고민해보자. 고민해봐야 뭐하냐고 푸념만 해서는 삶이 나아지지 않는다. 7년간 고민을 했기에 사직 이후의 삶을 계획할 수 있었고, 변화를 끌어냈다.

사직을 하더라도 먹고 사는 문제는 계속된다. 막상 눈앞에 닥치면 또 어떻게든 헤쳐나가게 되는 것이 인간이지만, 그렇게 맞이한 현실이 과거와 다르리라는 보장도 없다.

Never tell your problems to anyone. 20% dont care and the other 80% are glad you have them.

(너의 문제를 절대로 누구에게도 말하지 마라. 20%는 신경도 쓰지 않으며 나머지 80%는 당신에게 문제가 있다는 것을 좋아할 것이다.)

사직한다는 소문이 도는 직원이 있다. 주변 사람들의 반응이 어떠한지 살펴보라.

처음에는 "왜?", "진짜야?"로 시작했다가도 시간이 지날수록 관심사에서 사라진다. 시원하게 사직을 해버리면 '부럽다.' 정도의 반응은 이끌어낼 수 있겠으나, 결국 신뢰 없는 직원으로, 혹은 조직문화를 저해해버린 팀원으로 전락할 수도 있다. 직원의 사직은 회사 입장에서는 인력 유출의 측면에 있어 관심을 기울여야 하는 부분이겠으나, 대다수의 직원에게는 그저 점심시간 잡담을 위한 가십거리에 지나지 않을 뿐이다.

또한 회사는 인력 한두 명의 유출로 휘청거리지 않는다. 일하고 싶은 사람은 넘쳐난다. 못 견디고 나온 그 자리를 누군가는 너무나 간절히 원하기도 한다는 얘기다.

△ 사직은 그저 개인사일 뿐이다. 결정된 것이 없다면 절대 소문내지 마라 △ 사직을 한다는 것은 이미 회사에 대한 마음이 하나도 남아있지 않다는 상태겠으나, 업무 인수인계를 위해 최대한 빠른 시일 내 회사에 알려라 △ 지금까지도 버텼으니 마지막 출근일까지도 좋은 모습으로 마무리하라

경력에 공백이 있고 다시 재취업을 결심할 수 있었던 이유는 '경력'이 있기 때문이었다. 물론 힘든 회사생활이었지만, 그 회사의 업무 경력 덕분에 이력서에 한 줄이라도 쓸 수 있고, 나의 가치를 높일 수 있기도 했다.

동종 업계라면 한번쯤 부딪힐 수 있는 일이 생길 수도 있다. 자잘하게는 경력증명서가 필요할 때 누군가에게는 연락해야 하니 동료들과 크게 담을 쌓고 나오지 않도록 주의하자.

가족보다 오랜 시간 함께하는 동료이나 가까움의 거리는 '딱 거기

까지' 다. 업무와 얽혀있고, 상하 관계가 있는 관계에서 그 이상의 친밀감을 기대하기도 어려운 것이 사실이다. 그럼에도 불구하고, 동료가 있기에 버틸 힘이 나기도 하고 회사에 다닐 수 있는 원동력이 되기도 하는 아이러니다.

PART 02

백수에게도 휴식은 필요합니다

“

취업준비생에게 휴식은 사치일까?
직장인들도 충전을 위해 휴가 시즌에
어디든 떠나는 것이다.
때때로 손에서 일을 놓고 휴식을 취해야 한다.
그게 답이다. 백수도 쉬어야 한다.

”

늦깎이 애 엄마 고시생

최후의 성공을 거둘 때까지 밀고 나가자.
도중에 포기하지 말고 망설이지 말라. -카네기

"신림동 고시생"

꼭 한번 해보고 싶었다.

누가 들으면 미쳤나보다 생각할 수도 있겠다. 신림동에서 사법고시를 준비하려면 대학 등록금만큼의 돈이 든다. 수강료, 책값, 월세, 식비 등등. 집안 여건상 어서 졸업을 하고 취업을 해야만 했을 뿐 아니라, 그 이전에 사법고시에 합격할 만큼의 브레인도 아니었다. 사법고시에 합격할 정도였으면 학교에서도 어떤 지원을 받았을지 모르나, 그렇지 못했다.

나의 수준도, 상황도 모두 이해는 했지만, 마음속에는 한 번쯤 공부만 하고 싶다는 생각은 했었다. 주말과 주중 모두 아르바이트를 하며 생활비를 벌어 쓰다 보니 마음 편히 공부만 할 수 있었던 대학 생활은 아니었다. 거기에 욕심은 있어서 학교 동아리 활동은 물론이거니와 외부 대학생 단체 활동도 했었다. 어찌 보면 학점을 잘 받기는 이미 틀려먹었을지도 모르겠다.

"개천에서 용 난다."

나에게는 해당되지 않았다. TV에서는 어려운 환경 속에서 공부하는 친구들이 하나같이 똑똑하던데, 난 그저 중간이었다. 어디를 가나 보통인 사람이다.

어쨌든 7년간 헌신했던 직장생활에 대한 나의 노고가 고스란히 담긴 퇴직금으로 공부를 할 수 있게 되었다.

법대생이라면 으레 신림동에서 자리 잡고 사법고시를 준비했다. 내 친구도 원룸을 잡고 신림동에서 사법고시를 준비했는데 놀러 간 적이 있다. 부러웠다. 한 번쯤 내 인생을 걸고 공부만 해보고 싶었다. 수능 공부야 아무 생각 없이 다들 공부를 하니 했다지만, 나름대로 큰 꿈을 안고 들어 온 대학이다. 한번쯤은 나도 판검사의 꿈을 이루기 위해 공부를 해보고 싶었다.

공인노무사 2차 준비는 처음이었다. 모르는 것투성이다. 그럼에도 불구하고 난 이 시험을 위해 회사를 박차고 나온 사람이다. 보란 듯이 공부해서 합격해야 했고, 합격한 사실이 알려져서 부러움의 대상이 되고도 싶었다.

본격적인 2차 준비 전에 집 근처 독서실을 등록했다. 책을 바리바리 싸 들고 독서실에 짐을 풀었다. 서술형 시험에 적합한 펜도 미리 구입했고, 타이머도 세팅을 했다. 정말이지 살면서 가슴 뛰는 일을 꼭 하고 싶었는데, 실제로 하게 된 것이다.

툭.

펜을 놓쳤다. 깜짝 놀랐다. 세상에 내가 책을 보는 게 아니라 잠이 들었던 거다. 믹스 커피를 입에 털어 넣었다. 그래도 부족해서 캔 커피를 마셨다. 눈에 힘을 빡 주고 다시 책을 본다. 핸드폰으로 인터넷 강의도 틀어놓고 집중, 또 집중을 했다.

그런데 정말 이상하게도 졸음이 쏟아졌다. 내가 지금 이 소중한 시간에 잠이라니. 나 자신이 정말 싫어졌다. 심지어 밖에 나가서 바람도 쐬고, 커피를 또 마시고 와도 의자에만 앉으면 졸음이 쏟아졌다. 공부를 해도 실력은 늘 중간이었으나, 자리에 엉덩이 붙이고 책 보는 거라면 자신 있던 나다. 그런 내가 지금 한심하게 책상에서 졸고 있는 것이다.

아무래도 몸에 이상이 왔나 보다. 자리에서 앉았다 일어나기만 해도 머리가 핑 돈다. 바닥에 쓰러질 뻔도 했다. 그쯤 되니 남편도 슬슬 내가 이상해 보이긴 했나보다.

"혹시 임신한 거 아니야?"

정신이 번쩍 뜨였다. 테스트기를 5개나 썼다. 믿을 수가 없었다. 머리가 하얘진다는 것을 그때 경험했다. 병원에서 확인까지 했는데도 믿을 수가 없었다. 그렇게 어안이 벙벙한 상태에서도 내 머릿속은

'이제 공부는 어떻게 해야 하나.'

하는 걱정뿐이었다. 그렇게 배 속에 아이를 품고 공부를 했다.

태교도 따로 없었다. 노동법 강의, 행정법 강의가 태교였다. 내 아이는 뱃속에서 신림동 강사의 목소리를 아빠 목소리보다 더 듣고 태어났다. 다행히 일정 시간이 지나니 졸음이 쏟아지는 건 점점 사라졌다. 커피를 마실 수는 없었지만, 더 이상 잠은 쏟아지지 않았다.

문제는 몸이 갈수록 무거워졌고, 배가 나오기 시작했다는 것이다. 입덧은 없었으나 어지러움은 여전했다. 그리고 의지와 상관없이 몸이 축 처졌다. 다이어리에 난 꼭 공인노무사가 된다는 암시를 쓰고 또 썼다. 법전을 펼치면 할 수 있다는 말을 쓰고 또 썼다. 합격 수기를 읽고 또 읽으면서 그들의 공부법을 따라 하고자 했다.

신림동에서 모의고사가 있는 날이면 200명 정도의 수험생이 교실에 꽉꽉 들어찬다. 이번 아니면 끝이라는 결연한 의지를 갖고 있는 친구들이 보인다. 물론 그중에 나도 있다. 다만 결과는 이번에도 중간이다. 암기가 쉽지 않았다. 합격 수기를 보면 모의고사를 볼 즈음에는 머릿속에 책장이 넘어갈 정도가 된다던데. 난 겨우 쥐어짜서 답안지를 채우는 수준밖에 되지 않았다.

배 속의 아이는 점점 커갔고, 몸도 같이 무거워졌다. 도저히 신림동까지 왕복 3시간의 거리를 다닐 체력이 되지 않았다. 게다가 병원에서는 갑작스러운 출혈의 위험까지 있다고 하니 혼자 외출은 자연스럽게 할 수 없었다.

시간은 계속 지났고 아이가 뱃속에서 나왔다. 그때는 몰랐다. 아이를 뱃속에서 꺼내놓기만 하면 편하게 공부할 수 있을 줄로만 알았다.

그런데 웬걸!

뱃속에서 아이를 꺼내놓고 보니 이건 또 다른 세상이다. 아이는 밥 달라고 울었고, 기저귀를 갈아달라며 울어댔다. 몇 개월간 공부는 쉴 수밖에 없었다.

'결과는 불합격'

누굴 탓할 수도 없다. 내 나름대로 주어진 상황에서 열심히 했다. 공부를 한번 했더니 욕심이 난다. 한 번만 더 보면 합격할 수 있을 것 같았다.

다시 공인노무사를 준비하기 시작했다. 남편에게도 정말 마지막이라는 다짐을 했다. 다행히 아이가 어린이집에 가 있는 시간이 있어서 공부 시간을 확보할 수 있었다. 오전 10시에서 4시 사이다. 온라인 강의를 듣고 복습을 하고, 손으로 써보고, 나 혼자 고군분투 했다. 가끔은 같이 공부하는 친구라도 있으면 좋겠다는 생각이 들 만큼 힘들었다. 내가 지금 잘하고 있는 건지, 이러다가 또 떨어지면 뭘 해야 할지 등등. 오만가지 잡생각을 물리쳐가며 책을 봤다.

아이가 돌아오면 다시 엄마 모드다. 공부도 에너지를 많이 쓰는 일이다. 거기에 남편이 올 때까지 놀아주고, 먹이는 일도 만만치 않다. 적어도 저녁 10시에는 애를 재웠는데, 같이 잠들어서 다음날이 되는 경우가 점점 늘어만 갔다. 내 절대공부량은 줄어만 갔다. 그래도 하는 데까지 했다. 새벽 4시에 알람을 맞춰 놓고 일어나서 공부를 했다. 온 정신이 시험에 쏠리다 보니 알람 없이도 눈이 떠지는 날도 많았다.

강박증처럼 중얼거렸다.

'붙어야 한다.'
'이번이 마지막이다.',
'돼야 한다.'

왜냐면 이번 준비가 정말 마지막이어서다.

공인노무사 2차 시험은 이틀에 걸쳐서 본다. 둘째 날 시험을 보고 나오는데 괜스레 눈물이 났다. 문제 하나를 통으로 날리다시피 해서 포기가 되기도 했고, 정말 끝이구나 싶어서다. 원 없이 공부하려고 했고, 나름대로 최선을 다했다. 결과는 좋지 않았으나 더 이상 살면서 미련은 없을 것이다.

거창하든 그렇지 않든 살면서 꼭 한번만이라는 나만의 소망 같은 거. 한번 사는 인생이다. 한번쯤은 해봐도 좋지 않을까? 거창한 버킷이 아니어도 좋다. 나중에 내 아이에게 자주자주 물어보려고 한다. 하고 싶은 게 뭔지, 있다면 꼭 해보라고 말이다.

나 없으면 안 돌아갈 것 같은 회사도 잘 굴러간다. 그리고 그대들의 인생도 또한 굴러갈 것이다.

내가 없는 내 인생

낮은 자존감은 계속 브레이크를 밟으며
운전하는 것과 같다. -**맥스웰 말츠**

"기-승-전-아기 띠"

간만에 화장을 했다. 초췌했던 내 얼굴이 조금은 화사해진 듯하다. 아이를 챙긴다. 걷지 못하는 아이를 보따리처럼 들고 다닐 수는 없다, 유명 연예인이 TV에 나와서 했다는 아기 띠를 맸다. 아기 띠를 하는 순간 구두는 벗어야 한다. 바지는 편해야 한다. 아기 띠에 밀려 내 티셔츠가 올라가지 않도록 충분히 여유 있는 길이감의 상의를 입는다.

화장은 의미가 없다. 그냥 선크림이나 바를 걸 그랬나 싶다. 화장품에도 유통기한이라는 게 있어서 안 하고 버리자니 아까워서 했다.

화장품을 사본지도 오래다. 남편이 나한테 돈을 벌라고 눈치를 주는 그런 사람은 아니다. 오히려 여유 있는 생활을 못 하게 해준다며 미안해하는 착하디착한 사람이다. 그런데 문제는

'나' 다.

나 스스로가 눈치를 보는 거다. 화장품이 떨어지면 그냥 사면 된다. 그런데 문득 이런 생각이 든다.

'집에 있는데 화장은 해서 뭐하나.'

이런 생각으로 사지 않는다. 망설일 뿐이다. 게다가 지금 소득이 없다. 그러고 보니 백수가 된 지 2년이 넘어가고 있었다. 신용카드도 없다. 아마 주부들은 신용카드 발급도 어려울 것이다. 1원도 손해 보지 않는 은행이 소득이 없는 주부들에게 신용카드를 쉽게 발급해 줄 리 없다.

내가 돈을 안 번다고 그 누구도 뭐라고 하지 않는다. 오히려 이런 생각을 하게 만든 원인이 자기한테 있다며 미안해하는 착한 남편만이 있을 뿐이다. 어떨 때는 그런 생각을 하고 있는 남편도 밉다. 차라

리 그냥 나가서 일을 하라던가, 돈을 벌었으면 좋겠다고 말했으면 좋겠다. 그럼 속 편히 아이를 두고 나가서 본격적으로 일을 구하게 말이다.

어쨌든 점점 속이 꼬여만 갔다. 화장품 그까짓 거 안 사고 말면 그만인데, 이게 또 은근히 부아가 치민다.

'내가 어쩌다가 이 지경이 된 거야.'

그래도 한때는 대기업 다녔던 여자다. 점심시간이면 '에라 모르겠다' 하고 카드로 가방을 사댔던 여자다. 별다방 커피를 손에 쥐고 사원증을 목에 걸고 당당히 명동 거리를 활보했던 여자였다. 그러나 현실은.

"아줌마! 버섯 싸요. 아기 이유식 안 해요?"

([아줌마] 아주머니를 낮추어 이르는 말.)

아주머니도 아니고, 아줌마다. 내가 나이 드는 것에 대해 많이 무뎠다. 내가 결혼을 하게 될 줄도 몰랐고, 아이를 낳을 줄은 더더욱 몰랐다. 그리고 사회와 선을 긋고, 오로지 내 아이, 남편만 바라보는 삶을 살게 될 줄은 눈곱만큼도 생각해본 적이 없다. 어서 빨리 남편이 퇴근해서 집에 오기만을 바라는 여자가 될 줄은 상상도 하지 못했었다.

"집 사줘? 그래. 내가 사주지 뭐."

허풍이지만 남편한테 이렇게 당당하게 말했던 나다.

그러나 점점 인생에 무뎌진 건지, 모른 척하고 싶었던 건지, 놓아버린 건지 모를 지경에 다다랐다. 그리고 아줌마는 너무 싫다. 그냥 "저기요"만 해도 날 부르는 줄 알 텐데 말이다.

하루하루 시간은 갔다. 출산 후의 우울증과는 달랐다. 누구의 애엄마로 불리는 것에도 적응이 됐다. 소비 씀씀이는 많지도 적지도 않게. 맞춰졌다. 물론 친정엄마께 용돈을 드릴 수는 없었다. 돈 관리에는 소질이 없던 터라 남편이 모든 가계 살림을 한다. 소득이 없는 입장에서 매달 용돈을 쥐여 드리자는 말은 하지 못했다. 아마 남편도 생각은 했겠지만, 엄두가 나지 않았을 것이다.

SNS에서 아이들이 자라나는 모습을 100일, 200일, 1년, 2년, 기록하는 주부들이 많다. 부러웠다. 다들 아이를 처음 키워 볼 텐데 어쩜 저렇게 잘해나가고 있을까라는 생각이 들어서다.

늘 똑같은 일상에서 내 인생이 사라져 갔고, 그냥 난 아이를 돌보는 사람이 되었다. 인생의 중심에 아이를 놓지 못하는 내가 문제인 건가 싶은 생각도 한편으로 들었다. 또래 친구 중에 아이를 낳은 친구가 없었다. 이 괴로움을 토로할 곳도 당연히 없었다.

소통구가 별로 없다. 산후조리원에 있지 않아서 흔히들 말하는 조리원 동기도 없다. 그렇다고 SNS를 잘해서 모르는 이들과 소통하는 법도 몰랐다.

돌이켜보면, 내가 SNS를 통해서 일상을 공유한다 한들 특별히 관심 가질 사람도 없는데 그냥 해볼 걸 그랬다. 지금 블로그를 하고 있지만 거의 오픈된 일기장 수준이다. 유명한 사람도 아니고, 내 글을 혼자 쓰고 혼자 보는 수준이다. 그렇지만 그것조차도 즐겁다. 간간이 친구가 댓글을 달아준다. 댓글 내용도 글과는 상관없이 안부를 묻는 글이 대부분이다.

그럼에도 블로그를 통해 읽은 책을 기록하고, 이벤트에 당첨된 내용을 자랑하는 것들이 재미있다. 누가 보러 와주는 것이 아니더라도, 혼자 소소하게 즐거움을 찾는 것이다. 그리고 일단 공개를 하다 보니 무언의 약속을 스스로와 하게 된다. 덕분에 일본어 책 한 권을 완독했다. 필사하는 습관도 생겼다. 책을 읽고 기록을 남기다 보니 책을 허투루 읽지 않게 되었다.

늘 연예인 가십거리만 보던 인터넷도 관심사 위주의 기사로 읽게 되었다. 덕분에 출판사 포스트도 많이 구독하게 됐다. 새로 출간된 책, 출간 예정인 책들. 미리미리 볼 수 있다. 신간을 예약 주문해놓고, 출간되자마자 제일 먼저 받아보는 독자가 되는 소소한 행복들이 생겼다. 게다가 운이 좋으면 이벤트에 당첨돼서 예쁜 굿즈와 기프티콘도 받을 수 있으니 1석 2조다.

살면서 내가 어른들한테 들었던 말들 대부분은 이렇다.

"그냥 좀 참고 회사 다녀라."

"공부도 다 때가 있다."

이런 얘기들 말고

"블로그 해봐."

누가 말해주고 알려줬으면 인생이 조금은 덜 외로웠을 수도 있겠다. 부지런한 사람들이나 하는 것이 SNS 활동이라고 생각했다. 12첩 반상 아니면 우아한 레스토랑에서 찍은 음식을 먹어야 할 수 있을 줄 알았다. 직접 해보니 그렇지 않다. 취업을 준비하거나 혹은 나처럼 어느 순간 혼자가 되어버린 상태라면 불특정 다수와 소통할 수 있는 활동을 시작해봤으면 좋겠다.

취업 준비를 홀로 하면서도 나와 비슷한 친구가 있으면 좋겠다는 생각을 했다. 공인노무사 준비를 하면서도 같이 공부할 수 있는 스터디 메이트가 있으면 얼마나 좋았을까 생각했었다.

좀 더 적극적이었다면 상황이 달라질 수도 있지 않을까.

취업 준비는 장기전이다. 난 장기전에 약하다. 그러니 더더욱 옆에 누군가 있었어야 했다. 다행히 남편이 있었지만, 취업준비생의 마음을 전부 헤아릴 수는 없었다.

내 인생인데, 내 마음대로 되지 않는다는 생각. 많이 해봤을 것이다.

남의 인생 사는 것도 아니고 내 인생인데!

내 인생인데도 마치 남의 인생 마냥 멋대로 흘러가는 것 같은 생각.

내 인생이다 보니 더욱 가꾸고 살펴야 하나 보다. 안 그러면 내 인생은 도망간다. 도망간 그 녀석을 다시 찾아오려면 시간이 오래 걸린다.

지금 이 순간, 내가 당장 할 수 있는 일

절망은 마약이다.
절망은 생각을 무관심으로 잠재울 뿐이다. -**찰리 채플린**

인생에서 가장 힘들었던 순간을 꼽자면 꿈이 날아갔던 순간이다. 그 누구보다 내 인생이 소중하고 내 인생만 바라보자며 오랜 고민 끝에 회사에 멋지게 사표를 던지고 나왔던 나다. 그러나 공인노무사의 꿈은 날아가고 생각지도 못하게 내 인생이 아닌 내 아이 얼굴만 바라보게 되었다.

하루하루가 그저 절망과 한숨이었고, 눈물만 나왔다. 아이와 씨름하느라 잠 한숨 잘 수가 없었다. 어쩌다가 누우면 슬프고 알 수 없는 이런 저런 감정이 밀려와 밤새 혼자 침대 구석에 앉아 울기만 했다. 아마도 나에게 닥쳐온 산후우울증이 아닌가 싶다. 어떻게 하면 이 생을 마감할 수 있을까 고민했고 매일이 고행이었다. 우는 아이를 멍하니 바라보며 아이와 같이 울었다.

산후 우울증은 출산 후 85% 여성들이 경험하는 흔한 질병이라고 한다. 그런데 몰랐다. 뉴스에서나 볼법한 소식을 직접 겪게 될 줄은 말이다.

생각보다 심각했다. 사람이 잠을 제대로 자질 못 하니 늘 날카롭고 짜증이 난 상태였다. 누군가 말을 거는 것도 싫었고, 말을 하는 것도 싫었다. 남편만 오면 아이를 돌보지 않았다.

그럼에도 더 신경질이 났던 건 내가 주 양육자이고, 아이를 돌봐야 한다는 건 변하지 않는다는 것이다. 아무것도 할 수 있는 게 없었다.

우울증이 올 때는 햇빛을 쐬면 도움이 된단다. 그러니 밖에 나가서 10분이라도 걸어보라는 의사들의 조언이 있다. 그때는 겨울이었다. 밖은 추웠다. 아기 띠를 하고 걸어봐야 얼마나 걸을 수 있는지. 나만 지칠 뿐이다. 거기에 아이(기) 띠를 해야 할 만큼 핏덩이 아이를 괜히 밖에 데리고 나가 감기에라도 걸린다면? 그 고생도 오롯이 나의 몫이다.

'나가서 어디를 가야하지?'

회사에 다닐 때 백화점에 가보면 우아하게 유모차를 끌고 쇼핑을 하는 여자들이 그렇게 부러웠다. 그래서 한번 따라 해봤다.

좋았을까?

물론 시작은 좋았다. 그런데 이거 보통 일이 아니다. 밖에 아이와 함께 나가려면 신림동 다닐 때 들고 다니던 책가방이 필요하다. 여유분의 기저귀, 물티슈, 물, 여벌 옷, 아기용 과자 등 아무리 줄여도 챙겨야 하는 필수 짐들이 생긴다. 여기에 혼자라면 지하철을 타고 백화점까지 아이를 들쳐 매고 가야 한다.

운전면허는 있으나 장롱 속에 파묻힌 지 오래다. 아무도 없는 주차장에서 혼자 차 문을 벽에 긁고 있는 운전 실력이다. 남편이 핏덩이 아이를 태우고 운전하라며 키를 넘겨줄 리 없다.

그나마 최대한 생각한 건 동네 커피숍.

그래도 좋았다. 잠시라도 밖에 나와 있을 수 있어서다. 최대한 저

렴하게 오늘의 커피를 주문했다. 아이가 잠시 잠이라도 자주는 날이면 대박인 거다. 그런데 이 행복이 그리 오래가지는 않는다. 기저귀라도 갈아야 하는 상황이 오면 난리다. 거기에 울기까지 한다면 그냥 일단 집으로 다시 가야 한다. 그리고 성격상 무의미하게 앉아있는걸 오래 할 수도 없었다. 아이를 옆에 두고 한가하게 책을 읽을 만큼의 여유도 생기지 않았다. 그저 멍하니 앉아 있다가 오는 게 전부였다.

책을 참 좋아했던 나인데, 그 당시에는 글자라는 걸 보기가 싫었다. '활자 기피증' 마냥 모든 책이 그저 싫었다. 공인 노무사 불합격 이후 번아웃 [Burnout syndrome] 상태가 왔던 것 같다. 무기력하기도 했고, 예전에 좋아했던 것도 하기 싫었다.

'내가 지금 당장 할 수 있는 건 뭘까?'

핸드폰이었다. 화장실 갈 때도, 길을 걸을 때도 하는 그 핸드폰이 유일하게 당장 할 수 있는 일이었다.

특히 아이에게 수유를 하는 동안은 멍하니 방에 앉아 있어야 했다. 안 할 수도 없고, 누군가가 대신해 줄 수도 없다. 결국 아이 등 뒤로 휴대폰을 켜고 보기 시작했다.

아이보다도 더 오래 내 손을 떠나지 않는 핸드폰. 그렇게 핸드폰을 보다 보니 육아관련 기사가 눈에 띈다. 아이의 언어 발달을 위해 부모가 말을 많이 해주라는 기사다. 아이에게 말하는 건 벽에다가 혼자 말하는 것처럼 어려웠다. 그리고 하루 종일 혼잣말을 내뱉는다는 것도 보통 일이 아니다. 그래서 또 생각했다.

'내가 지금 당장 할 수 있는 게 뭘까?'

라디오 틀기. TV는 불빛이 번쩍거리기도 하고, 내가 TV를 별로 안 좋아한다. 라디오가 제격이었다. 중학교 이후로 들어본 적 없는 라디오. 그렇게 그냥 당장 할 수 있는 소소한 일을 찾았다.

집안에 적막감이 사라졌다. 시간대별로 다양한 DJ와 음악, 정보들이 쏟아져 나왔다. 생각보다 꽤 괜찮았다. 아침에 눈을 뜨면 라디오부터 켰다. 그 당시 새벽 6시면 "이근철의 굿모닝팝스"가 나왔었다.

영어는 못 하지만 늘 잘하고 싶었던 영어! 이거다 싶었다. 화장품 하나를 사더라도 혼자 눈치를 보고 못 샀던 내가 EBS굿모닝팝스 책을 주문했다. 돈을 써서 그런지 책 한 권에도 행복했다. 그렇게 공부를 시작했다.

공인노무사 불합격으로 인한 활자 거부가 자연스럽게 해결된 듯 싶다. 그리고 라디오를 듣다 보니 궁금한 것도 생기고, 호기심을 자극했다. DJ가 문제를 내고 문자로 정답을 보내라고 했다. 혹시나 하는 마음에 건당 50원 하는 문자를 보냈다.

"OOO 청취자님이 보낸 사연입니다~"

당첨이다. 라디오에서 이름이 흘러나왔다. 처음 라디오에서 이름이 불릴 때는 남편도 나도 놀라 잠시 가만히 서 있었다. 서로의 귀를 의심했다. 정말 당첨이 됐다.

그렇게 커피도 받고, Grammar in Use 책도 두 번이나 받았다. 매월 발행되는 ebs굿모닝팝스 교재에 이름 석 자가 실리기도 했다.

그 뒤로 더욱 자신감이 붙었다. 7시에는 황정민의 FM대행진, 9시에는 이현우의 음악앨범 등등 남편이 퇴근할 때까지 우리 집은 마치 방송국이 된 것 마냥 라디오가 울려 펴졌다. 핸드폰으로 듣는 라디오는 배터리가 일찍 방전되어 벽에 붙이는 라디오도 하나 구매했다.

그즈음 아이가 태어난 지 1년이 지나 어린이집에 가기 시작했다. 더더욱 라디오에 매달렸다. 프로그램을 외울 뿐만 아니라 라디오에 보낸 사연들, 퀴즈 정답들이 당첨되어 하루가 멀다 하고 상품이 배송됐다. 그 당시 받은 커피만 해도 족히 100잔은 될 것이다.

돈을 주고 커피를 마신다는 건 사치라고 농담을 할 만큼 핸드폰에는 기프티콘 커피가 늘 가득했다. 여름에는 선풍기를 받았고, 겨울에는 전기장판을 받았다. 엄마에게 온천 스파 이용권을 드렸고, 오빠에게는 영화 티켓을 선물로 줬다.

어느 순간 라디오에 사연을 보낼 때도 뭔가 전략적으로 해야겠구나 하는 생각이 들었다. 프로그램마다 성격이 있다. 프로그램에 따라 보내는 사연, 신청곡의 스타일이 달라야 했다. 어떤 것이 DJ를 움직이는지 나름대로 파악을 했다. 프로그램마다 요구하는 사연의 특징을 찾았고, 거기에 맞춰서 문자와 사연을 보냈다. 라디오에서 내 이름 석 자가 불리거나, 혹은 핸드폰 뒷자리가 읽힐 때의 그 쾌감은 이루 말할 수가 없다.

내 마음을 내가 컨트롤 못할 때가 많다. 새해가 돼서 세운 결심들이 흐지부지되는 것도 마음을 다잡지 못해서라고 생각한다. 분명 그때는 그랬는데, 지금은 할 수 있는 의지와 힘이 없고, 내 마음을 처음 그때처럼 다스리지 못하는 것이다. 그럼 또 으레 이렇게 생각이 든다.

'내가 그렇지 뭐.'

라고 말이다.

그럼 순간마다 당장 할 수 있는 무언가라도 해보자. 고작 손에 쥔 핸드폰을 만지작거리는 게 전부였다. 그리고 핸드폰으로 라디오를 틀어본 게 전부다. 하지만 결과적으로는 우울감도 떨쳐냈고 그러면서 다시 사회로 나갈 마음의 힘을 비축할 수 있었다.

혹시나 공백이 생겨서, 혹은 취업을 하지 못한 기간이 생각보다 길어지면서 마음의 힘을 잃어가고 있다면 지금 당장 내가 할 수 있는 작은 일이라도 해보자. 그게 취업과 연결되는 공부가 아니더라도 매 순간에 충실하자.

모든 일을 다 잘할 수는 없다. 난 아직도 내가 무엇을 잘하는지 모른다. 라디오에 당첨되는 게 기술이면 기술일 수도 있다. 그리고 그걸 잘한다고도 말할 수 있다. 그러나 결국 이것도 내가 움직였을 때 얻어지는 결과였다.

백수에게도 필요한 주말

때때로 손에서 일을 놓고 휴식을 취해야 한다.
쉼 없이 일에만 파묻혀 있으면 판단력을 잃기 때문이다. 잠시 일에서 벗어나
거리를 두고 보면 자기 삶의 조화로운 균형이
어떻게 깨져 있는지 보다 분명히 보인다. -**레오나르도 다 빈치**

아무 걱정 없이 쉬어본 적이 있는지.

백수 1년 차는 바빴다. 신림동을 오가며 수업을 듣고, 아이를 돌보고, 저녁에는 온라인 강의를 들었다. 자다가도 깜짝 놀라서 잠을 깨기도 했다. 그냥 공부해야 한다는 강박관념이 생긴 거다. 같이 공부하는 친구도 없이 나 홀로 묵묵히 어서 이 시험에 합격해서 노무사가 돼야 한다는 조급함을 안고 하루를 보냈다.

피곤함에 몸과 마음이 힘들어도 맘 편히 잘 수가 없었다. 생각했던 것보다 2차 시험은 어려웠다. 충분히 해낼 수 있을 것 같았는데, 나에게 기회는 이제 한 번뿐이라는 생각 때문인지 자다가도 새벽에

혼자 깨곤 했다.

공부를 멈춘 뒤에는 아이와 함께하는 생활이 이어졌다. 삼시 세끼는 물론이고, 어딜 가든 아이와 함께였다. 색다른 놀이를 해보려고 책도 사봤다. 책이 알려주는 놀이법, 대화법, 영어 공부까지 집착하듯이 시도했다.

공부를 안 하고 있으니 아이라도 잘 키워야겠다는 강박관념이 생긴 걸까?

늘 뭐라도 해야 할 것 같은 스트레스에 혼자 시달렸다.

"뭐해?"

그냥 회사에서 나의 안부를 묻는 남편의 전화에도 짜증이 났다. 그리고 그 질문에 뭐라고 해야 할지 고민되는 내 모습도 싫었다.

집안일은 뻔하다. 혼자 있다면 빵 한 쪽에 커피 한잔으로 대신해도 되는 아침인데, 아이를 먹여야 하니 밥을 한다. 한동안 이유식을 하느라 어른 밥 따로, 아이 밥 따로 두 번씩 상을 차렸다. 이유식 책을 사서 나와 있는 식단을 최대한 따라 했다. 음식에는 소질도 흥미도 없다.

할수록 실력이 늘 것이라고 하던데, 나는 예외인가 보다. 그나마 다행인건 이유식은 간을 할 필요가 없다는 점이다. 덕분에 이유식은 체계적으로 해냈다. 맛이 필요 없어서다. 아무것도 못 하니 책에 있는 대로 정말 열심히 만들었다. 어쨌든 아이는 전문가가 만든 책의 조리법을 그대로 재현한 이유식을 먹고 쑥쑥 자라났다.

그다음은 청소다. 아이가 어린이집에 가 있는 동안 청소든, 음식이든 해놔야 한다. 아이가 돌아오면 다시 어질러질 집이지만, 그래도 치워야 한다. 일할 때는 주말에 한 번 겨우 청소기를 돌렸었다. 그때는 몰랐다. 하루만 안 치워도 집에 이렇게 많은 먼지가 쌓일 줄 말이다.

청소 후에는 미리 아이 간식과 저녁 식사 준비를 틈틈이 한다. 필요에 따라 마트나 시장을 다녀온다. 이게 뭐라고 시간은 참으로 빨리 가서 어느새 아이의 하원 시간이다. 결국 나를 위한 시간은 하루 중 1분도 없다.

누군가 나의 출퇴근을 확인하고 일을 하고, 월급을 받는 생활이 아니다. 그럼에도 고민 없이, 걱정 없이 쉬어보질 못했다. 거기에 시험에 대한 미련을 버리고, 다시 취업을 하기로 마음먹었을 때에도 마찬가지였다. 조급했다. 의식하지 않으려고 했지만, 걱정됐다.

'오늘 원서 한 곳이라도 넣어야지.'

'오늘 NCS강의 들어야지.'

'다시 토익책 봐야지. 또 뭘 해야 하지?'

그나마 주말이면 마음이 편했다. 남편도, 아이도 다 같이 쉬는 날이기 때문이다. 그날만큼은 나도 원서를 쓰지 않았다. 취업 사이트에서 날아오는 정기 공채 안내 메일도 확인하지 않았다. 남편 덕분에 늦잠도 잤고, 아이에게는 만화를 원 없이 보게 했다.

취업준비생에게 휴식은 사치일까?

뉴스에서 해마다 나오는 단골 소식 중 하나는 노량진 수험생들의 모습이다. 연휴임에도 불구하고 시험 준비 때문에 집에 내려가지 않는 모습 말이다. 강사들은 목에 핏대를 세우고 말한다. 쉴 시간이 어디 있냐며, 강의를 개설한다. 마치 연휴 특강 자리에 앉아 있지 않은 자는 실패자가 될 것 같은 일종 무언의 압박 같다.

가만히 생각해보면 대학 때도 아르바이트, 졸업과 동시에 회사취업, 일, 계속 일, 공인노무사, 다시 취업 준비, 내가 한 일이다.

'간단한가?' '고작 이거야?' 라고 말할 수 있을까?

대한민국에서 열심히 살지 않는 사람은 없다. 그 어떤 민족보다 새벽같이 일어나서 하루를 시작하고, 밤늦게까지 일을 한다.

시험 준비를 해본 사람이라면 합격 수기를 읽어봤을 것이다. 합격 수기에 나오는 공통되는 이야기 중 하나는 "주말에는 쉬었습니다." 이다. 맞다. 쉬어야 한다. 친구를 만나든 잠을 자든 책과 담을 쌓아야 한다.

그래서 여행도 다니는 것이고, 직장인들도 휴가 시즌에 어디든 떠나는 것이다.

취업준비생인 우리는?

우리도 좀 쉬자. 월급이 없다고 쉬지 못하는 건 아니다. 시험에 떨어졌다고 쉬지 못하는 것도 아니다. 아이를 키워내는 일만큼 어려운 일도 없다. 왜 우리 부모님들이 아이를 봐주시면서 없던 관절염이 생길까? 어려운 일이어서 그렇다.

나 역시 조급함에 주말에도 독서실에 갔었다. 주말에 집에 있으면 죄를 짓는 기분이 들었다. 시험에 불합격하고 난 뒤에는 더더욱 그랬다. 그런데 몸이 망가졌다. 아이와 잠시도 놀 기운이 없었다. 짜증은 늘고 집중은 더더욱 못했다.

신혼여행 이후, 아이를 낳고 난 뒤. 우리 가족은 제대로 된 여행을 가지 못했다. 이유는 전부 나다.

"공부해야 돼서"
"원서 내야 돼서"
"강의 들어야 해서."

이제는 주말에 아무것도 안 한다. 그게 답이다. 백수도 쉬어야 한다.

취업을 위해서 공채 달력을 체크한다. 원서 마감일을 확인하고, 자기소개서를 일정에 맞게 제출한다. 그리고 직무적성검사 시험일이

나 면접 일정이 겹치지 않는지도 확인해야 한다. 이렇게 취업이든 시험이든 꼬박꼬박 일정을 챙기고 체크한다. 그런데 쉬는 일에는 인색하다. 누가 뭐라고 하지 않는다. 누구라도 잔소리한다면 당당하게 말해도 좋다.

"오늘 쉬는 날 이예요!"

현실과 꿈과 생계와 나

과학이 과학자에게 생계수단만 아니라면
경이로울 텐데 -**아인슈타인**

시간은 계속 흘렀다. 노무사 불합격 이후의 공허함도 점점 사라졌다. 아이를 어린이집에 등하원 시키고 밥을 먹이고 재우는 하루도. 너무나 당연하다 싶을 만큼 지내고 있었다. 문득문득 마음이 갑갑하기는 했다. 그럴 때마다 그저 집 근처를 조금 걸었다. 우울할 때는 햇빛을 쐬고, 밖에 나가보라는 라디오 DJ의 조언을 듣고 말이다. 라디오에 대한 내 열정도 어느 정도 사그라질 즈음. 난 또다시 마음이 싱숭생숭해졌다.

'갑갑하다'

아이를 보내고 폭탄 맞은 것 같은 어지러운 집을 정리하고 나면 대개 10시다. 고민을 한다.

'뭐하지?'

오전 10시부터 오후 4시까지. 길다면 길지만, 참으로 애매한 시간이다. 일을 하기에도. 그렇다고 어딘가 맘 편히 앉아 여유를 즐기기에도 말이다. 학원에 다녀볼까도 고민했다. 그런데 내가 뭘 배워야 할지도 몰랐다. 취업을 하고자 하는 확신이 없었을 때라 자격증을 취득해야겠다는 생각도 없었다.

처음에는 커피숍도 갔고, 동네 공원도 걸어봤다. 그런데 누가 나의 출퇴근을 지켜보는 것도 아니고, 매일같이 책과 커피를 사고 마실 수도 없었다. 그래서 서점에 갔다. 서점은 아무 데서나 앉아서 책도 볼 수 있고, 사람들도 볼 수 있어서다. 아이를 등원시키고 바로 서점으로 출근하는 것이 일상이 되었다. 그러다 보면 점심시간이 됐고, 서점 내 커피숍으로 직장인들이 몰려왔다.

물끄러미 그들을 봤다. 부러웠다. 내 또래로 보이는 여자들도 있고, 나보다 나이가 있어 보이는 여자도 있다. 갓 입사한 신입처럼 보이는 사람도 보이고, 누가 봐도 '난 팀장입니다' 같이 보이는 사람도 있었다.

한때는 나도 저런 사람들 속에 있었다.

'그냥 꾹 참고, 꿈이고 나발이고 회사에서 그저 버텼다면 어땠을까?'

'늘 같은 추리닝, 아니면 청바지, 운동화, 잠바. 나도 한때는 백화점 마네킹이 입고 있던 옷을 입고도 다녔었는데.'

물론 퇴사를 후회한 적은 한 번도 없다. 어쨌든 인생에서 한 번은 하고 싶은 대로 하고 싶은 걸 해봤기 때문이다.

그렇지만, 아이가 커가고, 어린이집에 적응하여 혼자 있을 수 있는 상황이 되니 생각이 많아졌다. 특히 이렇게 공허한 시간이 생기면 더더욱 심각하게 고민을 하게 된다.

'한 번 더 공부를 해볼까?'

아니다. 이미 해봤다. 아이가 있는 상태에서 공부를 한다는 게 얼마나 힘든 일인지 이미 겪어봤다. 물론 아깝다. 내가 바친 그 시간들이. 고생들이. 그렇지만 또 먹고 사는 문제는 현실이다.

아이가 나무처럼 물만 먹는다고 자라지는 않는다. 책도 읽어줘야 하고, 다양한 경험도 해주어야 한다. 한 번 아이를 데리고 주말에 나가는 순간 돈이다. 키가 작아서 타지도 못하는 놀이기구들이 태반이지만 입장료는 어른 못지않다. 어린이 뮤지컬을 보더라도 보호자가 같이 들어가야 하는 상황이니 말만 아이지, 집 밖에서는 성인이다.

정말이지 뭔가 결정을 해야 할 때가 됐다.

그러고 보면 난 아이를 키우는 일보다 인생에 투자하는 걸 바랐다.

'아이 인생은 아이 인생이고, 내 인생은 내 인생이다.'

라는 생각이 더 컸다. 사는 건 '현실' 이다. 매달 정기적인 지출도 있고, 생각지 못한 경조사도 많다. 그리고 나와 비슷한 나이 또래의 친구들이 승승장구하는 모습을 보니 서글퍼지기도 한다. 연말 각종 모임에서 나는 이미 사라진 존재였다. 그리고 그 자리에 나가면 또 무엇 하겠는가. 회사 일을 왈가왈부할 처지도 아니었다.

꽤 오래 고민을 했다.

'직장을 구하면 아이는 누가 봐주지?'
'경력직으로 지원을 해야 할까?'
'신입사원도 지원해 볼까?'
'시간제 일자리를 찾아볼까?'
'동네 마트에서도 사람을 구하던데 그냥 짧은 시간 아르바이트를 할까?'

어느새 취업을 하기로 마음먹었고, 어떤 쪽으로 취업할지에 대한 생각을 하고 있었다.

직원 채용 시 여성 차별

채용 비리 관련해서 요즘 나오는 흔한 기사다. 왜 여성이라고 차별을 할까. 아무래도 여성은 결혼과 출산, 육아로 불가피한 공백이 생기기 때문일 것이다. 매일매일 일해도 생기는 업무 속에서 한 명의 인력 공백은 크다. 회사생활을 해 본 사람으로서 직원 중에 육아 휴직자가 생길 것이라고 하면 이를 반길 리 없다. 어떤 업무를 더 맡게 될지에 대한 고민이 먼저다. 왜 이렇게 대한민국 직장인은 일이 넘치는지 모르겠다.

그리고 회사는 승승장구 하고 성장한다는데 새로운 인력 채용에는 더없이 인색하다. 그러니 공백이 생겨도 업무를 쪼개서 나눠야 하는 상황이 생기는 것이다. 임신은 여자만 할 수 있기에 팀에 임신 가능성이 있는 기혼 여성을 꺼릴 수밖에 없다. 육아 휴직자는 퇴사자가 아닌 재직자다. 인력 구성에 마이너스가 아니라는 소리다.

이 말은, 퇴사자가 아니기 때문에 회사 입장에서는 추가 채용할 필요가 없다는 얘기다. 그러니 남아있는 인력으로 가뜩이나 많은 업무를 쪼개야 하는 상황이 반복되는 것이다. 회사 입장에서는 1명의 신규 인력 채용 시 증가하는 인건비에 대한 부담 때문에 더더욱 여성 인력을 선발하지 않게 되는 악순환이 반복될 뿐이다.

육아 휴직자는 휴직자대로 눈치를 봐야 하고, 남은 인력은 그렇게 하고 싶지 않지만, 꺼리게 되는 상황이 생길 수밖에 없다. 아무리 정부에서 인건비를 보조해 준다 한들 돈 문제 이전에 일을 쪼개서 더 많은 업무를 맡게 되는 직원들이 문제인 것이다.

'그 속에서 난 어떻게 해야 취업을 할 수 있을까.'

회사 생활을 해봤으니 저런 사정은 표면에 드러나지 않을 뿐이지 안다. 그러니 더욱 겁이 난다. 모두가 나와 같은 생각을 할 것 같아서다. 그리고 아직도 그런 환경이 변하지 않았을 것 같아서다.

그렇다고 겪어보지 않고 포기할 필요도 없다. 그런저런 환경을 이겨내고 취업을 하면 되기 때문이다.

마트 대신 취업 시장으로 가자

'할 수 있다. 잘 될 것이다.' 라고 결심하라. 그러고 나서
방법을 찾아라. -에이브러햄 링컨

재취업을 하기로 마음먹었다. 어디서부터 시작해야 할지 고민을 했다. 한때는 엑셀을 잘해서 다른 팀에서도 엑셀 사용법을 묻고 답해주기도 했었는데, 취업도 하기 전에 그때처럼 엑셀을 쓸 수 있을지 걱정됐다. 그리고 혹시나 해서 실행해 본 엑셀은 낯설기 그지없었다. 그리고 예전에 썼던 자기소개서도 살펴봤다. 외설을 써놓은 것도 아닌데 낯이 뜨거웠다. 손발이 오그라들어서 읽기 민망한 자기소개서들이 파일 용량만 차지하고 있었다. 불합격한 자기소개서지만 당시에는 힘들게 써놨던 나의 자산이라 생각되어 삭제하지 않고 보관했었다.

그러나 지금은 'Delete' 키를 과감하게 클릭했다.

경력 사항 체크

입사지원서의 필수 입력사항인 경력 사항 체크는 필수다. 과거 회사에 연락하여 경력증명서를 발급받았다. 그리고 이유는 모르겠으나 간혹 회사에서 경력증명서 발급을 거부하는 경우가 있다고 하니 관련법을 알려주고자 한다.

[근로기준법 제39조](사용증명서) ① 사용자는 근로자가 퇴직한 후라도 사용 기간, 업무 종류, 지위와 임금, 그 밖에 필요한 사항에 관한 증명서를 청구하면 사실대로 적은 증명서를 즉시 내주어야 한다.
② 제1항의 증명서에는 근로자가 요구한 사항만을 적어야 한다.

그리고 혹시 회사가 폐업을 하여 경력증명서 발급이 어려운 경우라면 근로소득원천징수영수증으로 대체할 수 있다. 입사지원서에 들어가는 사항은 반드시 사실이어야 하고, 정확해야 하므로 증빙자료를 갖춘 뒤에 작성하여야 한다.

그리고 그동안 취득했던 자격 사항도 스캔 파일 및 취득 일자를 다시 정리해야 한다. 입사지원서를 작성할 때는 반드시 최근에 취득한 자격증 순서대로 적는 것은 기본이다.

증명사진

최근에는 증명사진을 업로드하는 회사가 많지 않은 것이 사실이다. 그럼에도 증명사진은 취업에서의 기본이기에 한 번쯤은 다시 찍어두길 바란다. 동네 괜찮은 사진관이 아니라, 취업용 증명사진을 잘 찍는 곳을 찾아라. 나의 경우 증명사진을 4번 찍었다. 아무래도 대학교 근처 사진관이 취업 사진을 잘 찍는다. 그리고 겸사겸사 면접을 대비한 정장도 미리 준비하자. 제대로 메이크업도 하고, 정말 취업 준비생처럼 입고 마음을 다잡는 계기로 삼아보자.

우리는 취업만 준비할 수 있는 대학생이 아니다. 생각지도 못한 집안일로 정장 한 번 사러 가는 것조차 어려울 수 있다.

채용 공고 확인

남편이 출근하고 아이까지 어린이집에 등원시키고 나면 더욱 바쁘게 움직여야 한다. 등원을 시키고 집에 오면 소파에 앉아서 쉬고 싶다는 마음을 꾹 참고, 컴퓨터부터 켠다. 아침 겸 점심을 먹는다는 생각으로 일단 취업 하나에만 집중해서 채용공고를 확인한다. 취업 관련 카페(공기업을 준비하는 사람들의 모임, 공공기관 취업을 준비하는 사람들의 모임, 취업 뽀개기 등) 가입은 필수다.

천천히 살펴보고 개인 취향에 맞는 곳을 선택하자. 그리고 항상 공모전 메뉴를 확인하길 바란다. 자기소개서에 들어갈 수 있는 글감으로 공모전은 매우 유용하다.

대부분 대학생들을 겨냥한 공모전이 대부분이나, 간단한 "사업명 공모", "기자단", "슬로건", "사진 공모" 등 자격에 제한 요건이 없는 것들도 매우 많다. 공모전에서 반드시 입상을 하지 않더라도 관련 기관에서 채용을 할 때 지원동기 부분에 넣을 수 있는 한 줄이 될 수도 있다. 그리고 소소한 공모전이지만 도전을 하면서 자신감도 얻을 수 있다.

자기소개서 문항 확인

입사지원서의 필수 입력 사항을 먼저 기입하고, 별도 파일에 자기소개서 문항을 저장해둔다. 바로 적기보다는 문제를 보고 들어가야 되는 내용을 간단히 단어나 짧은 문장으로 적어둔다. NCS 과목을 체크하고, 가점 사항, 자격증을 체크한다. 오전 시간에 이 정도만 하기에도 빠듯하다. 오후 1시만 넘어가도 아이의 하원 때문에 집중하기 어렵다.

자기소개서는 프린트해서 확인하기

프린터를 새로 구입했다. 자기소개서 체크용이다. 하루 종일 모니터로 보는 자기소개서지만, 제출하면 눈에 들어오는 것이 오타다. 과거에는 면접날 자기소개서를 봤더니 오타를 발견한 적도 있었다. 그 회사가 오타를 체크하지 못했을 수도 있지만, 사소한 실수를 안고 면접장으로 가는 내내 기분이 편치 않았던 것이 사실이다.

특히 꼭 가고 싶은 기업이라면 미리 프린트를 해서 확인을 하자. 그리고 손에 펜을 들고 확인해가며 자기소개서를 쓸 때 좀 더 나은 아이디어가 떠오르기도 한다.

이 정도면 일단 취업 시장에 발을 들여놓았다고 할 수 있다. 같이 취업의 힘듦을 얘기할 수 있는 동료가 있으면 좋겠지만, 공백과 동시에 그간의 회사 동료나 친구들과 소원해졌을 수도 있다. 그럼에도 안부를 물어가면서 내 상황을 얘기해보자.

나의 경우는 보험상품 갱신 때문에 보험 상담사와 직접 만난 적이 있다. 그분께서 내가 일을 구한다는 것을 알고는 지인의 회사에서 비서를 찾는다며 생각이 없는지 물어본 적도 있다. 의외의 곳에서 우리의 취업을 도와줄 수도 있는 것이다. 그리고 여자들은 마음속에 있는 얘기를 터놓는 것만으로도 스트레스 해소에 도움이 되지 않는가.

절대 혼자가 아니다. 그리고 힘내라. 공백의 두려움을 뚫고 취업시장에 들어온 것만으로도 대단한 일이다.

PART

03

내일부터 출근입니다

"
뭐든 일자리가 생기면
좋겠다는 생각만 했는데,
막상 계약직이니 조금은 속상했다.
그럼에도 이 회사가
나와 맞는 곳이라는 생각을 했다.
너무나 감사했다.
"

불합격, 불합격, 또 불합격

나는 젊었을 때 10번 시도하면 9번 실패했다.
그래서 10번씩 시도했다. -**조지 버나드쇼**

'사회에서는 더 이상 쓸모가 없나 보다.'

삼성, 현대, SK, 한화, 내로라하는 기업 공채는 모두 지원했었다. 첫 회사에 합격하기까지 내가 써낸 회사를 글로 다 쓰자면 한 페이지를 채우고도 부족할 듯싶다. 공백을 거치고 난 뒤 또 그만큼의 지원서를 써냈다.

'나 이제 이 은행이랑 거래 안하려고. 나 떨어뜨렸어.'

'라면 안 먹어. 내가 그렇게 라면을 사 먹었는데 안 뽑아 주더라고.'

'핸드폰 바꿀 거야. 에잇!'

저런 식으로 떨어질 때마다 이를 갈았었다. 나를 불합격 시켰던 회사와 거래를 끊는다면 대한민국에서 살 수가 없을 지경이었다.

20대, 사기업에 눈을 돌렸다면, 30대에 들어와서는 공공기관 쪽으로 방향을 틀었다. 그나마 승률로 보자면 공공기관이 적어도 "나"라는 사람 위주로 판단을 해주어서다. 그리고 경력단절 여성 우대라는 가점이 있다. 자연스럽게 공공기관 공고를 더욱 찾게 되었다.

게다가 공공기관은 출산이나 육아 휴직에 대해 사기업보다는 자연스럽게 받아들여지는 분위기일 것 같았다. 그러다 보니 여성들도 근속연수가 긴 분들이 많다. 그래서 취업준비생들이 공기업을 대기업보다 더욱 선호하게 된 것일지도 모르겠다. 공공기관은 일단 정부 정책을 우선으로 지켜야 한다. 육아휴직에 있어서도 관대할 수밖에 없다.

요즘은 블라인드 채용이 대세다. 대부분의 기업들이 그렇게 직원을 선발하려는 추세다. 나에게는 희소식이었다. 어떻게든 서류가 통과되어 면접까지 간다면 승산이 있겠다 싶었다. 특히나 블라인드란다. 실상이 어떠하든 나이, 학력 전부 배제하겠다는 것이다.

"공기업을 준비하는 사람들의 모임"

아마 공공기관을 준비하는 취업준비생이라면 누구나 가입이 되어 있을 법한 카페다. 난 이곳을 통해서 중앙공기업, 지방공기업, 대학/기타기관/비영리, 틈틈이 공모전도 살펴봤다. 게다가 스터디나 이벤트도 많이 한다. 다른 합격자들의 수기도 볼 수 있다. 그리고 나 말고도 취업에 고민하는 이들이 이렇게 많다는 것을 보면서 위안도 삼았다. 다만, 나처럼 나이가 있고, 공백이 있는 아이의 엄마들은 보지 못했다.

공공기관으로 눈을 돌린 뒤에 한국사능력검정시험을 봤다. 대부분의 공공기관에서 우대하는 자격증 중에 하나다. 서점에서 문제집을 샀다. 그리고 무료 강의를 찾아다녔다. EBS 무료 강의를 시청했다. 그리고 역사 교과서를 같이 봤다.

"자격증의 노예"

극심한 취업난에 취업준비생들에게 붙는 말이다. 한국사야 배워두면 당연히 좋고, 알아야 한다. 다만 점점 한국사능력 자격이 10일 완성, 30일 완성으로 점수 따기로 변질되어 간다는 점이 안타까울 뿐이다. 그러나 웬만한 공공기관 가점에 가장 쉽게 취득할 수 있을 것 같아 도전했다. 객관식 시험답게 그동안의 기출문제 위주로 공부를 했다. 가까스로 2급에 합격했다.

공백이 있고 나서 취업을 준비하는 입장이라면 소소한 자격증 취득이 이력서 한 줄에 도움이 될 것이다. 우리를 판단하는 입장에서 생각해 보자. 과연 이 사람이 다시 일을 할 의지가 있는지, 혹은 준비가 되었는지 궁금하지 않을까?

그렇다면 취업 준비를 시작한 순간 워드프로세서, 혹은 컴퓨터활용능력 자격시험처럼 다소 쉽게 접근할 수 있는 자격증을 취득해보자. 준비 기간 중 취득한 자격증이 자신감은 물론, 가점과 함께 좋은 인상을 줄 수 있을 것이다.

물론 이렇게 자격증 하나를 겨우 취득했지만, 취업은 여전히 녹록지 않았다.

'서류는 되겠지. 그래도 내가 그동안 일한 게 있는데.'

아니었다. 그냥 불합격이다. 가끔은 불합격 여부도 내가 직접 사이트에 들어가서 확인을 해야 했다. 물론 그렇게 조회를 해야 할 정도라면 이미 불합격이라는 소리이기는 하다. 그래도 사람 마음이 '혹시나.' 라는 게 있어서 꼭 들어가서 확인을 했다. 기업 입장에서야 합격자들만 필요로 하겠지만, 취업준비생들 입장은 그렇지 않다.

직장인들만큼 취업준비생들에게도 취업은 생계다. 반갑지 않은 불합격 확인이겠지만, 또 다른 회사에 지원할 수 있는 기간을 놓칠 수도 있는 만큼 중요하다. 그래서 기업 공채 다이어리에는 서류 제출 일정부터 합격자 발표 날까지 꼼꼼히 기록해뒀다. 물론 합격자 발표 날짜가 없는 기업도 다수였기에 더욱 꼼꼼히 챙겨야 했다.

끝도 없는 불합격. 눈물도 안 나온다. 욕도 안 나온다. 아무 생각도 없다. 그저 막막할 뿐이다. 언제부턴가 남편에게 원서 냈다는 얘기도 안 하게 됐다. 매번 떨어지기만 하니 부끄러웠다.

'그게 뭐라고!'

그냥 그 회사에서 날 선택하지 않았을 뿐인데, 부끄러울 것까지는 없는 일이었음에도 점점 작아져만 갔다.

'정말 난 쓸모가 없나 보다.' 라는 생각이 든다. 이런 생각도 들었다.

'토익 900점. 학점 4.5에 온갖 자격증에 어학연수도 다녀왔다고 해야지. 그럼. 면접은 볼 수 있을까?'

정말 오만가지 생각이 다 들었다.

'뭐가. 문제지.'

아마도 합격보다 불합격 소식을 많이 접하게 되는 것이 취업준비생의 숙명인가보다. 하기야. 너도나도 합격하는 것도 우습다.

"나는 왜 자꾸 눈치를 볼까"라는 책에서 "최고의 실패 해결책" 10가지가 적혀있었다. 그중에는 내가 해 왔던 두 가지 내용도 있었다.

"도움 청하기" 와 "그나마 다행인 이유 리스트 만들기"

취업 성공패키지에 참여하면서 나의 전담 직업상담사가 생겼다. 운이 좋게도 친절한 분이어서 오랜만에 자기소개서를 썼을 때 첨삭을 해주시기도 했다. 그리고 굉장히 솔직하게 현 상황을 체크해 주셨다. 간간히 괜찮은 취업 공고가 나오면 알려주셨고 도움을 받았다.

그분에게 도움을 청했다. 생각보다 도와달라는 사람에게 매몰차게 대하는 사람은 없다. 정말 도와줄 수 없을 때도 완곡하게 거절을 한다. 취업에 매번 불합격한다면 도움을 청해보자. 친구한테 커피 한 잔이라도 사준다고 하고, 왜 떨어진 것 같은지 봐달라고 말이다. 요즘에는 실시간으로 자기소개서 첨삭도 해주는 곳들이 얼마든지 있다.

그리고 "그나마 다행인 이유 리스트"를 만들어보자.

'내가 은행에 들어갔어도 해마다 구조조정 하던데, 떨어진 건 신의 계시야. 그나마 다행이지 뭐.'

이렇게 생각했다.

"영업 관리 어렵대. 됐어도 못했을 거야. 잘됐어."

마음 편히 생각했다.

기억하자. 우리가 일할 곳은 딱 1곳이다. 다섯 군데 합격했다 하더라도 결국 회사 하나를 선택해야 한다. 우리는 그 1곳을 찾는 여정 속에 있고, 기간이 빠를 수도 혹은 조금 느릴 수도 있다.

우리 모두 잘하고 있다.

회사가 날 꺼리는 이유

성공을 얻는데 중요한 열쇠는 자신감이고,
자신감을 얻는데 중요한 열쇠는 준비성이다. -아서 애시

동네 카페에 아르바이트를 찾는다는 광고가 붙었다. 아이가 어린이집에 간 사이에 아르바이트라도 할까? 대학 다닐 때도 했던 커피숍 아르바이트다. 웬만한 커피 제조도 금방 배울 수 있을 것이다.

"아르바이트 구하셨나요?"
"몇 살이세요?"
"........"

아니. 내 나이가 그토록 궁금했단 말인가.

"아니 그냥. 아니에요."

무슨 죄를 지은 것도 아닌데, 그렇게 말하고 얼른 나와 버렸다. 심장이 쿵쾅쿵쾅 뛴다. 너무 예민하게 군건가. 나이 궁금할 수도 있지 뭐. 그렇지만 심란한 마음이 가시지를 않는다. 이제는 아르바이트도 나이가 걸리는구나 싶어서 말이다.

그래 봐야 내 나이 33살이었다.

취업 카페에 올라오는 상담 문의를 보면 이런 글이 많다.

29살 여자, 중소기업 2년 경영지원, 컴퓨터활용능력 1급, 한국사, 공기업 준비하려고 하는데, 지금 신입으로는 어렵겠죠?

31살, 대기업, 영어는 준비하면 금방 가능, 지금 나이에 가능할까요?

32살, 회사에 다니고 있는데 공공기관 이직은 어렵겠지요?

질문의 공통점은 "나이"

나이가 많으면 으레 취업이 불가능하다고 스스로 결정하고 내린 질문이다. 대부분이 그럴 것이다. 나 역시 아르바이트 하나를 구하는 데도 나이가 주된 자격이 되었다. 기업은 오죽하겠는가 싶다.

인재개발실에서 근무할 때다. 신입사원 채용 시 나이를 갖고 필터링을 하지 않았다. 자기소개서를 읽었다. 자격증, 대외 경험, 어학, 학점 등 기재된 사항을 모두 확인했다. 회사는 이윤을 추구하는 곳이다. 돈 되는 일에 돈을 쓴다. 그저 나이만 확인하고 사람을 뽑는 단순한 곳이 아니다. 내가 써낸 이력서와 자기소개서를 모두 확인할 것이고, 회사와 잘 맞는다는 판단이 서면 그대를 면접에 부를 것이다.

지금의 직장 면접 때 받았던 질문이다.

"경력도 있고, 나이도 있는데 신입사원으로 다시 일할 수 있겠어요?"

이렇게 오히려 회사가 고민할 수 있다. 당신과 함께 일하고 싶지만, 당신 스스로가 나이에 위축되어 조직에 적응하지 못하면 어쩌나 하고 말이다. 당당하게 답변했다.

"이미 저는 이 조직에서 신입사원으로 일하고자 지원을 했습니다.

애초에 나이와 경력을 생각했다면, 지원조차 하지 않았을 겁니다. 면접관님이 걱정하시는 일은 없을 것입니다."라고 말이다.

신입이든, 경력이든 대한민국에서 나이는 예민하다. 위축되지 말아야지 하면서도 스스로가 고민을 하게 되는 부분이다. 그럼에도 불구하고 나처럼 취업에 성공한 경우를 보며 그대도 주인공이 될 수 있다는 생각을 갖길 바란다. 상투적인 말 같지만, 마음먹기에 달렸다. 면접장에 가서도 위축되지 말고, 오히려 더 태연하고 자신감 있게 있어야 한다.

또 한 가지는 스스로가 신입사원이 되어도 상관없는지에 대한 마음이다.

꾸준히 동기 모임을 갖는다. 2007년 사번이니 이미 10년 차가 넘은 셈이다. 과장에서 팀장까지 된 동기들도 있다. 모두 나와 비슷한 또래다. 물론 그중에서 난 병아리 신입사원이다. 끝까지 경력직을 고집했다면 더 나은 조건과 처우를 받았을지도 모르겠다. 그럼에도 난 신입사원으로 미련 없이 지원했다.

취업이 되기도 전에 뭘 걱정할 것이 있느냐고 반문할 수도 있다.

나 역시도 그랬다. 계약직으로 근무할 때, 나와 동갑내기 친구가 사수였다. 업무 외적으로는 반말도 하고 친하게 지냈다. 그렇지만 엄연히 일은 일이고, 직급은 직급인 것이다. 그리고 업무를 지시받는 입장이다. 아무렇지도 않을 것 같았지만, 초반에는 나도 살짝 마음의 상처를 입었다. 그리고 문득 애 낳고 좀 쉰 게 뭐라고 이것밖에 할 수 없는 건가라는 생각도 들었다.

서류 심부름, 우체국 다녀오기, 온갖 전화 받기, 복사 등등 정말 신입사원 시절이 생각나는 일들을 했다. 그래도 이렇게 일을 다시 시작했다는 안도감이 들었다. 한편으로는 다시 원점인가라는 생각에 울적하기도 했다.

물론 일을 하다 보면 이런 생각쯤은 금방 잊을 수 있다. 어쩌면 우리 같은 중고 신입사원과 일하는 상대방이 더욱 불편했을 수도 있다. 조직이기에 엄연한 직급이 있고, 연차라는 걸 무시할 수 없다. 특히나 대한민국은 나이에 예민하기에, 인사 담당자들 또한 인력 선발에 있어 이를 신경 쓸 것이다.

우리가 어려운 만큼 상대방도 편하지만은 않을 것이라는 생각을 하자. 먼저 다가가서 물어보고, 누구보다 열심히 메모하고 배워야 한다. 생각보다 우리의 공백 기간 동안 세상은 변했고, 우리는 멈춰있었다. 별것 아닌 일에도 버벅거리고, 긴장할 것이다.

수없이 받았던 전화도 전화벨이 일단 울리면 떨릴 것이다. 간단한 문서 작성조차도 생소할 것이고, 한 번도 해보지 않았던 실수도 있을 것이다.

"국민일보와 대학내일 20대 연구소가 전국 20대 300명을 대상으로 실시한 설문에서 '신입 공채 과정에서 경력이 매우 중요하다고 느꼈다'는 응답이 전체 73.7%를 차지했다. 실제로 취업 포털 사람인이 조사한 지난해 하반기 '신입사원 스펙'을 보면 경력을 보유하고도 신입으로 지원한 '올드 루키'가 전체 24.4%에 달했다."

조사 결과만 본다면 우리 같은 경력 있는 신입은 기업에서 선호할 만하다. 다만, 엄연히 직급과 체계가 있는 조직구조에서 나이가 다소 있는 신입사원이라면, 능력이나 성과 이전에 충분히 고민될 수 있는 부분이기도 하다.

그런 사유를 알아야 한다. 기죽으라는 얘기가 아니다. 다만, 기업은 우리와 충분히 일하고자 하는 의지가 있다는 것. 그리고 우리가 사무실에 앉는 순간, 신입사원의 마음가짐을 반드시 가져야 한다는 것을 말하고 싶다.

공백을 채울만한 나만의 무기

비장의 무기는 아직 손안에 있다.
그것은 희망이다. -나폴레옹

"내가 애 엄마인데도 뽑아줄까요?"

"뽑지."

"왜요?"

"애도 낳았고, 이제 쉴 일도 없고, 일만 할 수 있잖아."

지인이다 보니 듣기 좋은 말을 했을 수도 있다. 그렇지만 틀린 얘기는 아니다. 맞다. 일만 할 수 있다. 그게 내 강점이고 무기이다. 결혼을 다시 할 일도 없거니와 또다시 출산이 문제 될 일도 없다. 자리에 앉아서 묵묵히 일에만 집중할 수 있다. 거기다가 업무 경력까지 있으니 일도 금방 익힐 수 있다.

일을 다시 시작하고자 마음먹었을 때 가장 먼저 드는 생각은?

그동안 해놓은 일이 없다는 것. 애를 키운 게 전부라는 생각. 나도 그랬다.

“로맨스는 별책부록”이라는 드라마를 보면 경력단절 여성의 신입사원 취업기가 나온다. 학력과 이력까지 속여가면서 신입사원으로 취업해야 하는 대한민국 여성의 모습이다. 드라마 대사 중에

“살림이 왜 스펙이 안 돼?”

가슴을 후벼 판다. 나도 그랬다. 누구한테 인정받으려고 아이 키운 건 아니다. 승진하려고 키운 것도 아니다. 잘 키워냈다고 해서 성과급을 바란 것도 아니었다. 그저 나의 현실에서 할 수 있는 “일”을 했을 뿐이다. 그런데 이건 이력에 아무런 도움이 되지 않는다. 그게 현실이다.

드라마 속 여주인공은 학력을 고졸로 낮췄다. 그 상황에서 할 수 있는 최선의 방법이었다. 물론 우리는 학력을 속여서는 안 되지만, 지금 상황을 이겨낼 수 있는 방법을 끊임없이 찾아야 한다.

현실이 이렇다고 자포자기할 필요는 없다. 여주인공이 취업에 성공했듯이 우리도 신입이든 경력직이든 우리 손을 잡아주는 회사를 분명히 찾을 수 있다.

취업 시장에서의 승자는 얼마나 강한 멘탈로 버텨내는지에 있을지도 모르겠다. 생각보다 원서를 내는 것에 비해 탈락자에 조회되는 내 이름을 발견할지도 모르겠다. 그럼에도 불구하고 내 강점은 사회생활 유경험자라는 것. 또한 어떤 일도 배울 준비가 되어있는 신입사원의 마음가짐도 갖고 있다는 것.

직업상담사가 말해줬다.

"나이도 경력도 애매해요. 지금 같은 경우가 회사에서는 채용하기가 힘들 수 있어요. 특히나 규모가 작은 곳이면 더 그럴 거예요. 아예 공공기관 채용을 알아보시는 것도 좋아요. 아직 NCS 공부도 하실 수 있지 않으세요? 그게 아니면 적성검사 해보시고 다른 배우고 싶은 걸 찾아보시는 것도 좋아요."

'그렇구나. 나를 그래서 안 뽑나 보다.'

한 부서에 진득하게 7년을 지냈던 것이 아니니 경력도 애매하다. 보통 인사 분야는 5년 이상의 경력자를 선호한다. 그러나 4년 3개월. 경력을 속일 수도 없고, 속상하기만 했다. 그래도 이렇게 제3자가 솔직하게 말해주니 속이 다 후련했다. 저 말을 듣고 공공기관 채용을 더욱 적극적으로 알아봤다. 그리고 나라에서 지원받을 수 있는 교육도 찾아봤다.

덕분에 사기업에만 목매던 나는 공공기관으로 눈을 돌리게 되었다. 공공기관은 정부의 일자리 정책 때문인지 수시로 채용이 많다. 물론 그중에는 단기형이나 계약직도 모두 포함이니 자신에게 맞는 채용 정보를 수집하는 것이 중요하다. 특히 요즘은 공무직(무기계약직)으로 불리는 채용 직군이 있다 보니 잘 알아보고 지원할 필요가 있다.

'공기업을 준비하는 모임' 카페에는 카테고리별로 기업이 분류되어 있다. 주로 기타 공공기관을 찾아봤다. 생각보다 우리가 모르는 공공기관이 매우 많다. 게다가 NCS와 전공과목 공부에 취업준비생들만큼 시간을 쏟을 수 없었기에 핵심 공기업은 꼭 가고 싶다고 정해 놓은 몇 군데를 제외하고는 일정을 체크하지 않았다.

[우리나라 공공기관 현황-2018년 기준]

공기업 35개, 준정부기관 93개, 기타 공공기관 210개, 즉, 우리나라의 2018년 공공기관으로 지정된 곳만 338개라는 얘기다.

알리오(www.alio.go.kr)사이트를 통해 공공기관 경영정보도 찾아볼 수 있으니 참고하길 바란다.

또한 클린아이(www.cleameye.go.kr)을 통해 지방공기업 경영정보도 확인할 수 있다. 지방공기업은 지방공기업법 적용을 받는 기관으로 흔히 지방직영기업(지방자치단체가 직접 사업 수행을 위해 독립적인 회계를 운영하는 형태로 지방자치단체 소속, 상수도, 하수도, 공영개발) 등이 있다. 그리고 지방자치단체가 50% 이상 출자한 독립법인으로 간접 운영되는 지방 공사, 공단을 들 수 있다. 지방공기업만 하더라도 전국에 399개의 기관이 있다.(2018년 기준)

공공기관 취업이 사기업 취업 준비보다 나은 것은 적어도 무엇을 준비해야 하는지 정도는 파악할 수 있다는 점이다.

예를 들어 내가 입사하고 싶은 기관에서 우대하는 자격증, 영어 성적, 가점이 되는 외부 활동 등 최소한의 자격 기준을 알 수 있다. 공공기관의 경우 기관별로 필요로 하는 필기시험 분야가 정해져 있기 때문에 훨씬 준비가 수월할 수 있다. 가점이 되는 자격증 중에서 취득할 수 있는 것들부터 준비하고, 필기시험에 집중할 수 있다.

민간자격증 남발에 늘어나는 피해사례

최근 한 취업포털의 조사에 따르면 구직자의 71%가 "취업 사교육이 필요하다."라고 말했는데요. 이들이 가장 필요한 취업 사교육 형태로 꼽은 것이 바로 '자격증 준비'(37%)였습니다.

[출처: 취업포털 인크루트]

취업준비생들의 절실한 마음을 악용한 민간자격증이 남발하는 이유 역시 취업을 위해 준비해야 하는 명확한 기준이 없기 때문이다.

이력서에 한 줄이라도 더 넣어서 인사담당자의 눈에 띄고 싶은 절실함을 상업적으로 이용한 것뿐이라는 생각이 든다. 필자 역시 대학 졸업반 시절 지푸라기라도 잡는 심정으로 민간자격증인 '채권법무관리사'라는 자격증을 취득했었다.

합격하고도 자격증 발급을 위해 돈을 요구하기에 납부하지 않았는데, 지금은 그 자격증 자체가 유령 자격증이 되어 버렸다.

어쨌든 공백이 있던 나는 틈틈이 준비할 수 있었던 한국사능력검정 2급 자격을 취득했다. 취업을 준비하는 공백기간 동안 가고가하는 기업이 우대하는 자격증을 취득하는 것이 도움이 되었다. 합격과 불합격 여부를 크게 좌우하지는 못하더라도 작은 성취감을 느낄 수 있어서다.

어쨌든 불합격 소식으로 한참 낙담을 하고 있을 때, 합격 소식이 들려왔다. 계약직이었다.

뭐든 일자리가 생기면 좋겠다는 생각만 했는데, 막상 계약직이니 조금은 속상했다. 그럼에도 이 회사가 나와 맞는 곳이라는 생각을 했다. 너무나 감사했다.

일을 시작하는 순간 더 이상 경력단절 여성이라는 꼬리표가 붙지 않는다.

객관적으로, 전략적으로 지원하기

중요한 질문은 "당신이 바쁜가?"가 아니다.
"당신이 무엇에 바쁜가?"가 핵심 질문이다. -오프라 윈프리

신입사원 공채도, 경력직도 모두 지원할 수 있다. 특히 공공기관의 경우 청년 채용 우대 정책(만 34세 이하)으로 경력 있는 신입사원, 혹은 경력직으로 지원해 볼 수 있다. 나 역시 이 부분을 활용하고자 공공기관 채용 공고를 눈여겨봤다. 그리고 계약직 근무 당시 인사담당자도 나를 채용하려고 한 이유 중에 정부 정책이 있었음을 말해 주었다. 공공기관은 연말 기관 경영 평가에 따라 예산이나 성과급이 좌우되기 때문에 정부 정책 이행이 중요하다. 그래서 대부분의 공공기관에서 기본적인 인적사항 입력 시 청년 여부를 체크하도록 되어 있다.

업무의 질 VS 시간제, 공무직, 계약직

공공기관에서는 경력단절 여성에게 가점을 주는 곳이 많이 있다. 다만 경력단절 여성 부문 채용을 별도로 하고 있고, 근무시간과 급여에서 차이가 있다. 나 역시 처음에는 가점이 있다기에 많은 관심을 두고 있었다.

그러나 정규직 시간선택제 근로자의 경우 다른 직원들과 달리 보통 근무시간은 하루 4시간 정도이다. 물론 아이를 양육하면서 소득이 생긴다는 이점은 있다. 하지만 업무적으로 본인이 느낄 수 있는 성취감에는 한계가 있을 것이다. 사용주의 입장이라면, 안정적으로 업무를 맡길 인력이 필요하다. 그러나 과연 그 일을 하루 4시간 근무자에게 맡길 수 있는지가 문제다. 생각보다 공백이 있는 우리가 취업하는 길이 쉽지 않음을 알기에 시간선택제 근무도 매력적으로 다가올 수 있다.

게다가 아이를 돌봐줄 사람을 구하지 못하는 상황이라면 나쁘지 않다. 다만 일을 통해서 얻고자 하는 것이 지금 당장은 소득일 수 있으나, 소득이 전부가 아님을 금방 알게 될 것이다. 일을 하려는 이유 중에는 인생에서 나의 존재를 찾아가기 위함도 있기 때문이다. 그러나 매번 주어지는 업무가 지극히 단순 반복적인 일에 그친다면 금방 열정이 사그라질 것이고, 스스로 포기할 수도 있다.

특히 '반쪽짜리' 근무자만 양산한다는 시간선택제 공무원의 경우 논란도 많고, 부서에서는 서로 인력이 배치되는 것을 꺼린다는 신문 기사도 종종 나온다. 수요조사나 장기계획 없는 전시행정에 지나지 않는다는 논란도 많다.

각자의 상황에 따라 지원해야 하는 근무 형태를 신중하게 선택했으면 좋겠다. 일 욕심이 있는 나는 이왕 다시 사회로 나간다면 제대로 시작하자는 결심을 했고, 장·단점을 모두 따져 봤다. 만약 조금이라도 망설여지는 부분이 있다면 반드시 스스로 정리를 하고 준비하자. 막상 합격 소식이 들려왔을 때 기쁨 이전에 걱정이 앞설 수도 있다.

하루 8시간 근무에 근로조건은 정규직이 아니어도 상관없다는 결심이 섰기에 계약직에도 지원을 했다. 그저 일을 시작하면 경력단절 여성이라는 꼬리표가 없어지기 때문에, 그 장점 하나면 됐다.

그리고 회사에 다니면서 차분히 다른 회사를 알아보고자 했다. 그래서 공백을 깨고 계약직임에도 일할 수 있다는 생각에 즐거운 마음으로 출근을 했다. 계약직으로 1년 일하면서 다른 직장을 구하면 된다고 편하게 생각했다.

"누군가의 엄마"가 아닌 "나"라는 사람만 가지고 날 뽑아준 고마운 회사다.

업무에는 금방 적응했다. 업무량도 차츰 늘어갔고, 스스로도 업무 영역을 넓히고 싶은 욕심도 들었다. 그러나 계약직이라 할 수 없는 업무의 영역은 존재했다. 번번이 팀 회의시간에도 홀로 전화를 받아야 했다. 나를 빼고 업무 분장이 이루어졌다.

사람이라는 존재는 참으로 간사하다. 처음에는 취업만 되면 좋겠다가도, 막상 취업이 되면 회사가 마음에 안 든다. 한 달 200만 원 월급, 월급만 받아도 소원이 없겠다가도 정말 내 지갑에 200만 원이 들어오면 이건 아니다 싶다. 나도 그랬다.

일단 취업만 되면 좋겠다는 생각으로 열심히 원서를 내고 면접을 본다. 물론 지원하는 우리의 마음은 조급하다. 그렇지만 내가 얼마만큼 내려놓을 수 있는지도 생각해봤으면 좋겠다. 물론 나도 계약직으로 다시 사회로 나가기는 했다. 그렇지만 셈을 따져봤다.

첫째, 공공기관 근무이력을 가질 수 있다.

둘째, 일을 시작하는 순간 경력 공백이 있어서 나를 채용하기 꺼렸던 우려를 잠재울 수 있다. 이렇게 딱 2가지였다.

당장 취업이 물론 급하기는 하다. 그렇지만 일단 돈을 벌자, 또는 어디서든 일만 하면 된다는 식의 지원은 말리고 싶다. 본인만의 기준이 있어야 한다. 특히나 다소 늦은 나이에 직장을 구하는 만큼, 지금의 직장이 마지막이 될 수도 있다. 생각보다 계약직은 서럽기도 했고, 속상하기도 했다. 그럼에도 내가 애초에 생각했던 두 가지를 마음에 담으면서 그 기간을 보냈다.

난 회사에 다니면서 업무 범위를 넓히고 싶었다. 때가 되면 승진도 하고 연봉도 올랐으면 좋겠다. 그러면서 업무를 통해 보람을 느끼고 싶다. 그러기 위해서는 파트타이머나 시간제 일자리는 과감히 포기하는 것이 맞는다고 생각했다.

NCS 시험 대비는 필수!

요즘은 기업마다 기업의 특색에 맞는 직무적성검사를 실시한다. 고시와 다를 바 없는 경쟁률을 자랑한다. 공공기관도 마찬가지다.

NCS를 통해서 원하는 인재를 일차적으로 선발한다. 덕분에 우리처럼 경력에 공백이 생긴 경우라도, 나이가 남들에 비해 많더라도, 기회는 있다. NCS를 준비하기 위해 하루 8시간도 투자하는 취업준비생들이 있다.

다들 그만큼의 노력으로 취업 시장을 이겨내고 있다. 문제 유형이 도저히 나에게 승산이 없다는 생각이 들지라도 주는 기회를 잡을지 말지는 우리 몫이다.

보통 아이를 어린이집에 보내고 독서실에 갔었다. 인적성 검사를 풀기 위해서다. 취업카페에 가입하면 무료 온라인 스터디도 있다. 그럼 10분 정도 내외로 동영상 강의나 해설도 들어볼 수 있다. 주부들이 시간이 넘쳐날 것 같지만, 의외로 시간이 없다.

독서실에 앉아서 한 시간 정도 문제를 풀고, 해설 강의를 듣고, 복습을 하다 보면 금세 점심시간이다. 집에 와서 대충 밥을 먹고 기업 공고를 찾아봤다. 내가 지원했을 때 승산이 있을 만한 기업을 추려본다.

중고 신입을 받아줄지. 혹은 경력직으로 지원하는 게 좀 더 메리

트가 있을지, 자기소개서 분량은 어떠한지, 마감은 언제인지 수첩에 기록해 둔다. 그러다 보면 어느새 아이 하원 시간이다. 다시 주부타임으로 돌아가서 아이가 잠들 때까지 엄마가 되어본다.

저녁 10시 정도면 내 시간이다. 이때부터 본격적으로 회사 지원이다.

우리가 이제 다시 취업에 성공하면 꽤 오랜 기간 그 회사에 몸담게 될지도 모른다. 그래서 마음은 조급하지만, 전략적으로 차근차근 기업을 알아보자. 우리는 한 번 일을 해봤기 때문에, 회사생활의 전부가 돈이 아님을 안다.

돈이 적더라도 일에서 얻는 성취감이라는 것도 있다. 거기에 얼마나 괜찮은 동료들과 일하게 되는지도 중요하다. 그리고 지금 이 순간 책장을 넘겨보고 있는 그대라면 당장의 연봉에 연연할 사람도 아닐 것이다. 어떻게든 자기계발을 해서 또 다른 부가가치를 창출할 수 있는 방법을 생각해야 한다.

직장인의 혹독한 사춘기

비록 아무도 과거로 돌아가 새 출발을 할 순 없지만, 누구나 지금 시작해
새로운 엔딩을 만들 수 있다. – **칼 바드**

여성가족부는 경력단절 여성 지원을 위해 늘어난 예산 31억 원은 재직 여성 대상 경력단절 예방서비스 확대(18억 원), 새일센터 확대 및 사례관리 서비스(2억 원), 경력단절 여성 등 실태조사(4억 원) 등에 활용될 예정이라고 밝혔다. [2018.9.12]

저 많은 예산은 도대체 어디에 쓰이며, 정말 지원을 받는 이가 있기는 한 것인가.

당장 계약 기간 종료가 다가온다는 현실이 걱정될 뿐이다. 지금은 다르다. 뉴스에 나오는 비정규직 관련 얘기들에 신경이 쓰인다. 그리고 지금 사무실에서의 나의 위치가 자꾸 신경 쓰였다.

1년이라는 시간은 참으로 짧다. 이제야 업무가 손에 익는가 했는데, 계약 기간 종료가 다가오고 있었다. 회사 사람들과도 친해지고, 업무적인 부탁도 격 없이 할 정도가 됐는데 계약기간이 내 발목을 잡는다.

정부에서는 "비정규직의 정규직화"를 외치고 있다. 공공기관은 서둘러 계약직들을 정규직으로 전환하고 있었다. 그 속에는 나도 있다.

"공무직"

쉽게 말하면 무기 계약직이다.

"계약 기간의 정함이 없는 근로자"

그런데 말이 참 우습다. 정규직이면 정규직이지 무기+계약직이라는 말은 어느 행성에서 왔을까. 정규직이긴 하지만, 굳이 공무직, 혹은 무기 계약직이라는 단어를 쓰니 뭔가 찜찜하다. 그렇다면 채용공고에도 정규직이라고 하나로 통일하는 것이 옳겠으나, 공무직 혹은 무기계약직 채용이 별도로 있다.

이 말은 계약 기간의 정함이 없을 뿐, 맡게 되는 업무 혹은 처우 등에 분명히 구분이 있다는 얘기로밖에 들리지 않았다. 오히려 합리적인 차별을 위해, 혹은 정부의 비정규직 제로화 정책에 발맞추고자 나온 신박한 대안 정도로 밖에 보이지 않았다.

이 모든 일들이 당장의 나에게 닥친 일이니 더욱 예민하게 받아들여졌다. 부랴부랴 여러 공공기관들은 비정규직들을 정규직으로 전환하려는 시도를 하고 있다. 그런데 문제는 정부에서는 정규직화를 외치지만, 예산을 따로 주지 않는다고 한다. 기관에서 기존 인력들의 인건비를 깎아 나눌 수도 없고 전환을 안 하자니 문제였다. 또 한 가지는 정당하게 시험을 치르고 들어온 입사자들과의 일종의 괴리감이다. 무턱대고 전환을 할 수도 없고, 전환을 하자니 돈이 없다. 그리고 기존 인력들의 반발은 어떻게 감당하겠는가.

대한민국 노동시장이 시끄러운 이유 속에 내가 있었다.

Useful or Useless

"회사에 들어오는 순간 우리는 소모품이야. 계속 쓸모 있을지, 없을지."

예전 회사 선배가 해준 얘기다. 직장인을 시간제 노예라고도 표현한다. 잔인하지만, 회사도 돈을 버는 곳이다. 회사가 돈을 벌어야 월급도 주는 것이고, 그 월급을 받으려면 직장인들은 일을 해야 한다. 어떻게? "쓸모 있게" 말이다.

무기 계약직으로의 전환을 할지 말지 선택하라는 상담을 했다. 업무도 손에 익었고, 회사가 집만큼이나 편해진 것도 사실이다. 다시 회사를 옮겨서 적응하고, 일을 배워야 하는 과정을 생각하면 까마득하기도 했다. 무기계약직이지만 욕심을 내려놓고, 주는 월급만 꼬박꼬박 받으면서 회사에 다닐 수 있기도 했다. 고민 끝에 내가 더 쓸모 있게 쓰일 수 있는 다른 직장을 알아보기로 선택했다. 일은 계속하고 싶고, 이왕 일을 한다면 제대로 된 절차를 밟고 인정받아서 회사의 일원이 되고 싶었다.

"경단녀, 돌아갈 곳은 임시직, 계약직뿐",

"버티는 게 아닌 잘하는 일을 하고 싶다."

언론에 나오는 헤드라인 기사를 보면 다시 한숨이 나온다. 호기롭게 일을 시작했지만, 계약직의 쓴맛을 보며 계약 기간 종료의 압박을 느끼기에 정말 다시 집으로 돌아가야 하는 것인지 고민했다. 중간중간 열심히 원서를 넣으며 고군분투했지만 그 역시도 호락호락하지 않았다. 게다가 회사에 다니면서 이직을 준비한다는 것이 정말 쉽지 않다.

경단녀라는 말도 웬만하면 안 쓰고 싶다. 도대체 언제부터 이런 단어를 쓰기 시작했는지도 모르겠고, 알고 싶지도 않다. 특히나 나의 경우는 애초에 아이 양육을 이유로 회사를 사직하지도 않았다. 그런데 언제부터인가 카테고리 안에 내가 들어가 있었다. 그리고 지금도 이 말은 쓰이고 있다.

누구나 살면서 일을 하지 않는 시간이 생길 수 있다. 아파서, 혹은 정말 휴식을 하고 싶어서, 아니면 공부를 위한 선택 등 다양한 이유가 있을 텐데, 유독 임신, 출산, 육아와 가족의 돌봄이 공백의 이유라면 저 카테고리에 들어간다. 경력단절 여성 등의 경제활동 촉진법까지 만들었으니 저 단어를 없애기는 애초에 틀린 듯싶다.

첫 단추를 잘 끼워야 한다. 맞는 얘기다. 그럼 계약직이라는 단추가 잘못됐을까?

내가 애초에 생각했던 2가지를 계속 떠올렸다. 계속되는 불합격도 견뎌냈다. 회사에 다니며 하는 이직 준비도 업무의 연속이라는 생각으로 포기하지 않았다.

"뜻이 있는 곳에 길이 있다."

사람이 정말 뭔가 하려고 마음먹으면 우연히 들어맞는 일들이 생길 때가 있다. 마침 하던 업무가 외근이 잦다 보니 밖에서 내가 적절히 쓸 수 있는 시간을 많이 확보할 수 있었다. 대전, 대구, 부산 등 전국을 다녔기에 기차에서 보내는 시간은 전부 원서 작성 아니면 NCS 공부였다.

물론 NCS 시험은 늘 나에게 좌절을 안겨주는 시험이었으나, 손에서 놓을 수는 없었다. 언제라도 기회가 온다면 잡아야 했기에 풀고 또 풀었다. 일은 일대로 하고, 퇴근하고 아이를 챙기다가 새벽까지 원서를 썼다. 입안은 하루가 멀다 하고 헐었다. 그럼에도 합격 소식은 들리지 않았다. 계약 기간 종료는 한 달 앞으로 다가와 있었다.

취업 시장에서도 성수기와 비수기가 있다. 신입사원 공채가 시작되는 3월과 9월이 취업 시장의 절정이다. 웬만한 대기업들이 서류접

수부터 최종 합격자 발표까지 보통 2개월간 전형이 진행된다. 그래서 한여름인 7월~8월은 상대적으로 공개 채용 규모가 현저히 줄어든다. 따라서 오히려 이 시기에 채용 공고를 잘 찾아보면 의외로 괜찮은 기업들이 수시채용을 하거나 경력직 인력을 뽑기도 한다.

2007년 처음 취업을 준비할 때, 취업준비만 할 수 있는 시기였음에도 지원조차 하지 못하고 지나칠 수밖에 없었던 기업들이 있었다. 최소한의 기업분석만을 하고 자기소개서를 작성한다 하더라도 너무나 많은 기업들이 일시에 공고를 내고, 비슷한 시기에 필기시험 또는 면접 전형이 이루어졌기 때문에, 모든 기업에 지원할 수가 없다.

그리고 기업에 맞는 자기소개서 하나를 작성하고 나면 영혼까지 탈탈 털릴 만큼 진이 빠진다. 거기에 합격 소식이라도 자주 들린다면 좋으련만, 현실은 그렇지 못하다. 얼마나 더 자기소개서를 써야 취업할 수 있는지 자꾸만 암흑 속으로 들어가는 기분만 든다. 그 당시의 초조함이 계약 기간 종료를 앞둔 나에게 다시 찾아왔다.

불과 1년 전 지금의 직장을 잡고자 수없이 원서를 냈던 것이 엊그제 같은데, 다시 또 시작이었다. 그나마 다행인 건, 경력단절 여성이라는 주홍글씨를 떼어냈다는 점이다. 마침 8월 생각지도 못한 지금의 회사에서 채용이 시작됐고, 나에게 맞는 회사이길 바라며 원서를 제출했다.

자기소개서의 내용도 달라졌다. 그동안 해왔던 업무 중심으로 기술했다. 한층 더 자신감 가득하게 말이다. 공공기관 경력 1년이 추가된 만큼 나이도 한 살 더 먹었다. 그러나 청년채용의 기준은 만 34세다. 아직도 공공기관에서는 아이가 있는 나지만, 청년 가산점을 받을 수 있다는 것이다. 청년에 아이의 유무가 조건에 없으니 천만다행이다.

다만, 공공기관은 청년 가산점을 만 34세까지 주고 있다. 내가 공공기관으로의 취업을 준비할 수 있게 만든 이유이기도 하다. 그렇게 또다시 취업 시장에 도전장을 내밀었다. 그러나 불합격 소식은 계속됐고, 실업급여를 받으면서 다시 준비해보자는 계획을 세우기도 했었다. 계약직이었지만, 일을 하느라 마음 편히 가족여행 한 번 다녀오지 못했기에 계약종료일에 맞춰서 해외여행도 계획했다. 그렇게 마음을 비웠던 순간 합격 소식이 들려왔다.

모든 취업준비생에게

먼저 핀 꽃은 먼저 진다. 남보다 먼저 공을 세우려고
조급히 서두를 것이 아니다. - **채근담**

신입직 취업 마지노선, 남 31.8세 VS 여 29.9세

잡코리아와 알바몬이 함께 신입직 취업준비생 1,621명을 대상으로 조사한 결과 밝혀진 사실이다. 설문에 참여한 응답자의 72.1%가 취업 마지노선이 존재한다고 생각하는 것으로 드러났다. 그렇게 생각하는 이유를 묻자 '일정한 나이를 넘어서면 취업에 어려움을 겪기 때문에'가 62.2%의 응답을 얻으며 압도적인 1위에 꼽혔다.

설문조사 결과이기는 하나 대다수의 취업준비생은 나이에 민감한 것이 현실이다. 인사담당자도 조직의 인력 구조를 위해 구성원의 나이를 전혀 무시할 수 없다.

늦깎이 애 엄마 취업준비생은 오죽했겠는가. 그리고 공백이 생겨버린 여성들이 다시 사회에 나와 원래 하던 업무를 이어가지 못하는 것도 분명 이런 이유가 있기 때문일 것이다.

영화 '마션'에서 NASA 아레서 3탐사대는 화성을 탐사하던 중 모래 폭풍을 만나고 팀원 마크 와트니가 사망했다고 판단하여 그를 남기고 지구로 떠나버린다. 극적으로 생존한 와트니는 남은 식량과 기발한 재치로 화성에서 살아남으며 지구로 귀환한다. 만약 화성에 나 혼자 남겨졌다면, 주인공처럼 살 수 있었을까?

Now you can either accept that or you can get to work.

포기하고 죽을 게 아니라면 살려고 노력해야지.

It's space. It doesn't cooperate.

여긴 우주야. 뜻대로 되는 게 아무것도 없지.

물론 영화지만, 주인공 와트니는 화성에서도 홀로 살아남아 지구로 왔다.

To be or not to be.

당장 죽느냐 사느냐의 문제보다는 취업이 쉽다. 그리고 우리가 해

볼 수 있는 일들도 많다. 자기소개서 쓰기에 부담이 많이 되면 비용을 들여서 전문가의 도움을 받을 수도 있다. 취업컨설팅 전문가도 넘쳐나고, 헤드헌터를 통해 기업을 알아볼 수도 있다.

물론 그깟 나이라고 하기에 취업준비생이 느끼는 압박감은 어마어마하다. 면접장에서 풋풋함이 느껴지는 지원자들 사이에 서면 위축되는 것도 사실이다. 그러나 딱 거기까지다. 취업 시장의 압박감은 누구나 같고, 화성에서 굶어 죽을지 살아남을지 결정하는 것도 우리 몫이다.

조직 적응은 쉬울까

취업 관련 책을 검색하면 대부분 이렇다. 면접의 기술이나 자기소개서 작성법, 직무적성검사 문제집 등이다. 공백이 있고 취업에 성공한 이들의 책에도 조직 적응에 대한 이야기는 없었다.

공백을 깨고 출근하는 첫 날이다. 텀블러에 슬리퍼, 다이어리, 칫솔 세트 등등 사무실에서 필요한 것들은 미리 챙겼다. 출근해서 자리 배정을 받으면 노련하게 미리 물건들을 정리해야겠다는 생각 외에는 아무 생각도 들지 않아서다. 그저

'회사에 가면 어떻게든 되겠지.' 라는 막연함만 있었다.

그러고 보니 첫 출근 날 무엇을 했는지 기억을 더듬어 보자. 낯선 사무실과 사람들. 내 것이라고는 하지만 내 것 같지 않은 사무용품들. 공공화장실보다 더 낯선 화장실 등 어느 것 하나 편한 것이 없었다. 거기에 누가 누구인지 모르니 인사를 하기에도 애매하고, 안 하자니 찝찝하다. 그럼에도 불구하고 가볍게 목례를 했었다. 상대방이

'누군데 나한테 인사를 하지?' 라는 표정을 짓더라도 일단 인사를 했다.

경력이 있어도 출근을 하면 누구나 '처음' 이다. 낯선 이방인에게 누군가 먼저 다가와 친절한 설명을 해줄 것이라는 생각은 일단 접자. 일을 위해 모인 사람들의 집단이다. 그리고 이미 친해질 대로 친해진 조직이다. 게다가 아무리 요즘 취업이 힘들다고는 하나 신입사원 네 명 중 한 명은 1년 이내 퇴사한다. 거기에 재직자들의 퇴사도 워낙 흔해지는 실정이다 보니 신입사원에게 큰 관심을 주지 않기도 한다. 설상가상 우리는 늦깎이 신입사원이다. 궁금할 수도 있으나 다가서기는 더더욱 어려운 직원인 셈이다.

대한민국 조직은 엄연히 위계가 있고, 서열이 있다. 신입사원인 우리는 오히려 편하다. 선배님이라 부르면 그만이고, 문제가 생기면 물어보면 된다. 그러나 상대방은 그렇지 않다.

편하게 알려주자니 나이가 걸리고, 아는 것 같으니 구구절절 설명이 무슨 필요가 있겠는가 싶을 수도 있다. 어찌 보면 서로가 불편한 사이인 채로 몇 개월의 시간이 흘러갈 수도 있다. 그사이 적응을 하지 못해 어렵게 들어온 회사임에도 등지고 나올 수도 있다.

대부분 취업하기에만 급급해서 조직 적응까지는 생각하지 못할 것이다. 그리고 기업마다 문화가 다르기에 어떤 해답이 있다고 섣불리 얘기할 수도 없다. 다만, 여러 가지 예상치 못한 일 중에 '조직 적응' 의 측면이 있다는 것을 말해줄 수 있을 뿐이다.

그나마 다행스러운 것은 삶을 살아온 시간과 그동안의 경험이 있어 충분히 이겨낼 수 있다는 것만 말해주고 싶다. 그리고 취업은 끝이 아니라 또 다른 시작이다.

PART

04

빛나는 인생을 만드는 긍정 마인드

“

기업이 신입사원을 통해
얻고 싶은 건 ‘성과’ 이전에 ‘새로움’이다.
늘 옳다고 생각해왔던 기존 제도와
규정을 다른 시각으로 바라보고
바꿔보려고 하는 도전 말이다.

”

내 가치를 높일 수 있는 경력 있는 신입

자신을 믿어라. 자신의 능력을 신뢰하라. 겸손하지만 합리적인 자신감 없이는 성공할 수도 행복할 수도 없다. -**노먼 빈센트 필**

"대리님~!"

나도 모르게 고개를 돌아봤다. 엄마와 주부로 살아가면서 회사 생활을 전부 잊은 줄 알았는데, 몸은 기억하고 있었나 보다. 마치 다른 업무가 있어서 고개를 돌린 것 마냥 아주 자연스럽게 다시 내 업무를 했다. 그렇게 몇 번을 더 몸이 반응을 한 뒤에야 정신이 들었다. 예전의 말년 대리가 아닌 신입사원이라는 것을 말이다.

신입사원. 정말 다시 시작이다. 회사에 가보면 내 나이 또래의 직장인은 보통 중간관리자 혹은 보직자다. 내가 꾸준히 일을 했다면 12년 차였을 것이고, 위치 또한 달랐을 것이다. 그간의 경력이 신기루처럼 사라져버린 것 같아 서글프기도 하다. 거기에 계약직이라는 신분제의 속에 들어간 것 같아 불편하기도 하다. 그러나 신입사원이기에 좋은 점 또한 있다.

첫째, 당장의 성과를 원하지 않는다.

회사에서 아르바이트가 아닌 신입사원을 채용하는 이유는 무엇일까. 당장 대신 복사를 하고 전화를 받아줄 직원을 찾는 것이 아니다. 체계적으로 회사에 맞는 인력으로 양성해서 주요 보직을 맡아 관리할 수 있도록 성장시키려는 것이다.

덕분에 업무보다 교육이 많다. 게다가 군대에서나 있을 법한 "관심병사"처럼, 멘토가 한 명씩 붙어서 퇴사의 징후나, 혹은 적응에 어려움을 겪는 일은 없는지 밀착 관리를 한다. 경력직처럼 당장의 성과가 아닌 회사에 대한 적응을 최우선으로 하기에 부담이 훨씬 적다.

신입사원이었을 때 어떤 업무를 했었는지 기억해보라. 수시로 울려 대는 전화를 받았고, 담당자를 찾아 연결했다. 가끔 복사용지가 떨어지면 창고에서 A4용지를 가져다 채워놓기도 했고, 문서철에 제목을 붙이는 일도 했었다. 심지어 이런 것들만 눈치껏 잘해도 칭찬을 받았었다. 이런 게 바로 신입사원이다.

계약직에서 정규직 사원이 되어 가장 뿌듯했던 건 내가 "담당자"가 될 수 있어서다. 계약직일 때는 어찌 되었든 누군가의 업무 보조 역할이 전부였다. 그러나 지금은 다르다. "담당자" 너무나 오랜만에 듣는 말이다.

나만 할 수 있는 일. 반대로 말하면 일에 대한 책임을 져야 하는 일이 생겼다는 것이다. 부담스럽기 이전에 뿌듯했다. 명함이 생긴 것보다 새로운 조직에 소속되어있다는 안정감과 쓸모 있어졌다는 사회적인 인정을 받은 것 같아 자랑스러웠다.

둘째, 업무에 대한 이해가 빠르다.

웬만한 회사에서 하고 있는 일상적인 업무를 다 처리해봤다. 연말연초 종무식, 시무식, 해마다 돌아오는 창립기념일, 그 외 각종 문서 작성과 회계 처리 등 이름만 바뀌었을 뿐이지, 한 번쯤은 전부 경험해본 업무일 것이다. 그렇다 보니 새로운 일이 주어지더라도 금방 길을 찾고 해낼 수 있다. 사소한 업무쯤은 혼자서 척척 할 수 있으니 회사에서 바라보는 시선도 달라질 것이다.

그간의 경력이 물경력이 되었다는 얘기를 많이들 한다. 그렇지 않다. 그간의 경력은 "경험"이 되어있고, 필요에 따라 언제든 다시 쓸모 있게 변할 수 있다. 신입사원이 되기로 마음먹었다면, 경력이 아닌 "경험자"로서 새롭게 시작한다는 마음을 갖자.

영화 '인턴'에서는 시니어 인턴 로버트 드니로와 젊은 CEO 앤 해서웨이 두 사람이 만나며 벌어지는 직장생활을 담았다. 처음에는 앤 해서웨이도 70대 인턴인 로버트 드니로를 불편해했다.

"Experience never gets old" (경험은 결코 늙지 않는다.)

로버트 드니로는 앤 해서웨이 옆에서 그동안 해왔던 업무 노하우를 알려줬고, 반대로 모든 일에 최선을 다하는 앤 해서웨이의 모습을 보며 감탄하기도 했다. 서로는 경험을 바탕으로 친해졌고 공감을 토대로 끈끈해졌다. 게다가 같이 들어온 젊은 인턴들과 연애 상담은 물론이고, 패션과 업무에 있어서도 그만의 노하우를 알려주며 적응해 갔다.

나 역시도 그렇게 두 번째 직장생활을 했다. 나와 일하는 동료들은 모두 어렸다. 친해지고 싶었다. 그리고 그들 입장에서 내가 얼마나 불편하겠는가. 업무 경험은 있다 하나, 같은 사원이고, 말을 걸자니 나이가 많다. 그런데 내가 회사에 다녀보니 먼저 말 걸어주는 직원이 좋았던 기억이 있다. 그래서 나도 먼저 다가갔다. 말을 걸었다.

일할 때는 OO씨~이었지만, 탕비실에서 수다를 떨 때는 언니고, 누나가 되었다. 연애도 결혼도, 출산도, 심지어 재취업도 해본 경험자라 나눌 얘기가 많았다. 서로 도움을 주고받으면서 괜찮은 동료가 되어갔다. 이조차도 경력 있는 신입사원이기에 노련하게 대처할 수 있는 것이다.

물론 업무를 할 때는 달라야 한다. 최대한 내 업무를 빨리 익히려고 노력해야 한다. 경력 공백을 깨고 돌아온 여성들의 대표라고 생각하자. 누구보다 빨리 적응해야 한다. 누구보다 빨리 잘 해내야 한다. 육아휴직도 하고 오면 1년이다. 내 공백 2년 반. 아무것도 아닌 줄 알았다. 나의 사회생활 7년. 물론 그 이력이 도망가는 건 아니지만 생각보다 낯설 것이다.

내가 인재개발실에서 근무하면서 경력직 직원들도 여러 명 봐왔다. 꾸준히 일을 하던 직원도 적응 기간이 필요하다. 회사만의 문화, 낯선 동료들, 업무 시스템, 그들에게도 최소한의 교육과 3개월 정도의 시간을 준다. 사회초년생이든, 나와 비슷한 중고 신입이든, 낯선 환경에서의 적응은 반드시 거치게 되는 단계다. 우리가 아무리 경력이 있더라도, 신입은 신입이다.

다만 우리는 경험이 있기에 무슨 일을 하더라도 잘 해낼 수 있다는 자신감을 가져도 좋다. 그리고 맡게 되는 업무 곳곳에서 그동안 쌓아 온 경험을 녹여내고, 인정받으면 그만이다. 그게 우리에게는 가장 큰 강점이다.

셋째. 쌓여있는 인적 네트워크다.

참으로 다행인 건 몸담았던 회사마다 꾸준히 연락할 수 있는 선배와 동기들이 있다는 것이다. 이제는 사회생활도 시작했으니, 당당히 연락할 수도 있다. 이런 인맥들은 낯선 회사에서 든든한 지원군이 된다. 사기업에서 근무하는 친구들은 요즘 트렌드에 민감하다 보니 나와 관련된 업무를 물어보면 뜻밖의 아이디어를 얻을 수도 있다.

공공기관에 근무하는 동기들을 통해 비슷한 사업의 업무 매뉴얼을 공유받기도 했다. 단순히 과거 자료를 뒤져서 비슷한 문서를 써 내려가는 것이 아니라, 인적 네트워크를 통해 다양한 자료를 얻고 업무에 활용해 보자.

기업이 신입사원을 통해 얻고 싶은 건 '성과' 이전에 '새로움'이다. 늘 옳다고 생각해왔던 기존 제도와 규정을 다른 시각으로 바라보고 바꿔보려고 하는 도전 말이다.

내 월급의 가치는 내가 결정한다

잠자는 동안에도 돈이 들어오는 방법을 찾아내지 못한다면
당신은 죽을 때까지 일을 해야만 할 것이다. **–워렌 버핏**

사회생활 10년 차, 얼마의 연봉을 원하시나요?

돌고 돌아 또 회사다. 다시 원점일까? 나도 창업을 알아볼 걸 그랬나? 기술을 배워볼 걸 그랬나? 회사에서는 나의 미래를 찾을 수 없었고, 꼭 한번은 해보고 싶었던 공부가 있어서 박차고 나온 곳이었다. 그런데 지금은 다시 그곳으로 가고자 몸부림치고 있고, 결국 회사로 돌아왔다.

이미 내 경력을 살리기에는 대한민국 취업 시장은 너무나 어렵다는 것도 알았고, 스스로 욕심을 내려놓기도 했다. 한편으로는 다시 내 경력을 찾고 프로처럼 해낼 수 있을는지 고민이 됐던 것도 사실이다. 특히 경력직을 채용하는 회사의 경우, 당장의 성과를 원하는 곳이 많기 때문에, 고액의 연봉만큼 그 값어치를 해낼 수 있을지도 걱정됐다. 왜냐하면 2007년의 HR 트렌드와 2019년의 HR 트렌드는 확연히 달라졌을 것이기 때문이다.

2018년 12월 27일. 국세청이 발표한 「2018국세통계연보」
"대한민국 근로자 평균연봉 3,519만 원"

이런 통계 조사를 보면 마음이 헛헛하다. 도대체 이 통계조사는 누구를 대상으로 한 것인가 싶다. 뉴스 댓글만 보더라도 어떻게 조사한 통계냐며 악플이 어마어마하다. 한편으로 난 왜 저 평균에 들어가지 못할까라는 생각도 든다. 내가 저 평균에 들어간다면 악플에 공감한다는 클릭도 하지 않았을 텐데 말이다.

연차가 오를수록 연봉도 비슷하게 오르는 것이 인지상정인데, 난 오히려 줄어들었다. 물론 내가 선택한 신입사원이고, 나의 경력을 살리지 못한 나의 한계일 수도 있겠다.

그럼 이게 끝일까? 무엇이 잘못된 것일까?

지금도 금융권 취업은 취업준비생들에게 로망인 듯하다. 칠전팔기 후에 OO은행 취업에 성공했다는 수기는 전설처럼 읽혀진다. 그런데 저녁 뉴스에는 금융권에 구조조정, 명예퇴직, 싸늘한 여의도라는 헤드라인 기사가 나온다.

나 역시도 연봉이 높다는 금융권에 지원을 했었다. 너도나도 지원하니 나도 했다. 그리고 여자들을 많이 뽑는다고 해서 더 열심히 원서를 제출했다. 증명사진만 7번을 찍었고 자기소개서는 돈을 주고 첨삭을 받기도 했다. 대학마다 찾아오는 기업의 취업설명회를 쫓아다녔다. 재취업을 할 때도 파트타이머 지원을 했었다. 물론 보기 좋게 전부 떨어졌지만 말이다.

내가 그 당시에 금융권 취업을 했다면 10년이 흐른 지금도 살아남았을까? 얼마 전 한진해운이 법정관리에 들어가고 파산에 이르렀다. 내가 해상 수출 일도 했고 같은 건물에 있기도 했던 회사인데, 한순간에 바닷속으로 정말 가라앉아 버린 것이다.

한진해운도 그렇고, STX도 그렇다. 내가 취업할 당시에 워낙 연봉과 직원 처우가 좋다고 소문이 자자했던 곳이다. 당연히 취업준비생들이 몰렸고, 경쟁률도 치열했다. 그러나 지금은 어떠한가.

내가 만약 사회 초년생이라면 연봉에 더욱 집착했을지도 모르겠다. 그런데 회사생활은 월급이 전부가 아니다. 계약직을 하면서 그런 생각을 더더욱 했다. 일을 하면 일이 주는 성취감이 있다. 사람들이 나를 찾고, 나에게 고마워했다. 계약직 사원일 때, 복권기금을 활용하여 심사를 거쳐 창업 지원을 받을 수 있는 자격이 되는 분들에게 초기 자금을 지원해 주는 업무를 했었다. 업무 담당자로 전국 방방곡곡을 다니며 상가 계약을 맺고, 상담도 해드렸다.

그저 나에게 주어진 일을 하는 것인데도 연신 나에게 고마워했다. 내가 계약직이어서 이 일을 오래 할 수 없다는 것이 안타까웠던 것도 이런 점 때문이었다. 적어도 내가 느끼기에 그분들은 나에게 진심으로 고마워하고 있었다. 그러나 계약직이어서 할 수 있는 업무에 한계가 있었고, 시간의 제약이 있었다. 월급은 결코 전부가 아니다. 일에서 만족을 느낄 수 없다면, 이 또한 충분히 이직 사유가 되기 때문이다.

지금 내가 받는 월급이 끝일까?

연차가 올라갈수록 어쨌든 월급은 오를 것이다. 지금의 월급이 전부라면 부동산이니 주식이니 펀드니 투자는 왜 하는 것일까. 내 월급의 가치와 크기는 나 스스로 얼마든지 만들어낼 수 있어야 한다.

백수 생활을 하면 24시간을 오롯이 나 혼자 쓸 수 있다. 그런데 난 그 시간을 활용할 방법을 몰랐다. 그렇게 혼자만의 시간을 즐기는 사람인데 막상 그 시간이 주어지니 어찌할 바를 몰랐다. 회사생활만 7년. 그 속에서 내가 배운 것은 무엇인가.

빨라진 은퇴에 다들 제2의 인생을 준비해야 한다고 말한다. 그 준비는 지금 당장 하는 것이 맞다고 생각한다. 취미생활도 찾아야 하고, 직장 생활 외에 나 스스로 만들어낼 수 있는 부가가치 창출 방안도 있어야 한다.

우스갯소리지만

"재수 없으면 100살까지 산다."고 한다.

오래 사는 건 좋다. 다만 사람으로서의 가치도 없이 숨만 쉬며 사는 것이 무슨 의미가 있겠는가.

틈틈이 쓰던 메모들이 모여 지금 이 책의 일부를 채워가고 있다.

메모들이 모여 책도 쓰게 되었고 새로운 취미와 부가가치를 낼 수 있는 방법도 찾았다. 그리고 책을 읽더라도 블로그에 리뷰를 남기는데, 기억에 남는 문장을 손글씨로 쓰고 있다.

그러면서 캘리그라피에 관심이 생겼다. 이것도 제대로 배워두면 또 다른 월급을 만들어 낼 수도 있겠다는 생각이 든다. 취미도 돈이 되게끔 하라는 말은 허투루 하는 소리가 아니다.

특히 요즘은 평범한 직장인들도 독자에서 작가로 변하는 시대다. 지금도 베스트셀러인 김민식 작가의 "영어책 한 권 외워봤니"라는 책 역시 그저 평범한 회사원이 했던 영어공부 방법을 책으로 펴낸 것이었다. 그뿐인가. "죽고 싶지만 떡볶이는 먹고 싶어"의 저자 역시 우울증을 치료받던 환자였지만, 책을 통해 일약 베스트셀러 작가가 되었다.

월급의 가치는 회사가 나에게 주는 것이 전부가 아니다. 회사에서 보내는 시간과 내가 만들어 내는 시간 속에서 또 다른 월급으로 가치를 더해내려고 해보자. 회사에 목을 매더라도 평생직장은 없다. 운이 좋아서, 혹은 정년이 보장되는 좋은 직장에서 정년까지 근무했다고 치자. 그다음은? 생각해봤는가?

매월 받는 월급을 1원도 쓰지 않고 10년을 그대로 모아야 서울에 집 한 채를 겨우 산다고 한다. 그리고 노후는 어찌할 것인가. 거기에 운이 좋게 여윳돈이 있다고 한들, 즐길 수 있는 취미 생활 없이 하루하루 무의미하게 보내며 100세까지 버틸 것인가.

대한민국에서 남성과 여성의 평균 근속 연수는 확연히 차이가 난다. 아마도 결혼과 출산이 직장생활 중 이루어지고, 아이에 대한 양육 문제로 여성들의 퇴사가 높기 때문일 것이다. 게다가 다시 사회생활을 시작하는 것조차 녹록지 않다.

지금의 직장에서 정년까지 근무할 수 있으리라는 기대는 하지 않는다. 선배 엄마들이 아이가 초등학교에 들어가는 순간 다시 한번 퇴사의 기로에 놓인다고 한다. 벌써부터 걱정이 된다. 아마 그즈음 회사를 관두게 된다면, 다시 사회생활을 시작할 수 있으리라는 꿈은 접게 될지도 모르겠다. 그래서 더더욱 회사가 아닌 스스로가 돈을 벌 수 방법을 찾을 것이다.

이 글을 읽는 독자들에게도 회사가 인생의 전부는 아니라는 것과, 1인 기업이 되어 부를 창출할 수 있는 방법을 찾으라고 조언하고 싶다.

일이 주는 행복

우리가 하는 일은 바다에 붓는 한 방울의 물보다 하찮은 것이다.
하지만 그 한 방울이 없다면 바다는 그만큼 줄어들 것이다. **-마더 테레사**

매슬로(Maslow)는 인간의 욕구를 5단계로 구분했다. 1단계 생리적 욕구, 2단계 안전과 안정의 욕구, 3단계 소속 및 애정 욕구, 4단계 존중, 5단계는 자아실현으로 나뉜다. 하위의 욕구가 충족되어야 상위의 욕구로 넘어가는 형태다. 이 중에서 직장이라는 조직에 속한다는 것은 3단계다.

사직을 고민할 때 다른 회사로의 이직이 가능할지 염려하는 것도 이 부분이다. 대학 졸업 이후 곧바로 취업이 되지 못한 경우 느껴지는 불안감도 이 때문이다. 졸업을 유예하고 취업을 준비하는 것도 졸업예정자가 좀 더 취업에 유리하다는 점도 있겠지만, 집단에 소속돼야 느껴지는 안정감도 무시할 수 없다.

잠시라도 어떤 조직에 속하지 않은 상태가 되면 불안하다. 사직에 대한 고민을 오래 했건 그렇지 않건 중요하지 않다. 인간은 다른 사람과 교류하지 못하거나 혹은 고립될 때 우울하고 긴장하게 된다. 매슬로에 의하면 하위 단계가 충족되지 못한 상황에서는 자아실현과 같은 최상의 욕구는 절대 이루어질 수 없다고 말한다.

주부로서의 삶을 살 때 속한 사회적 집단은 가정이었다. 사람마다 다르겠지만, 가정의 일원만으로는 욕구를 채울 수가 없었다. 더 많은 사람과의 교류를 원했고, 많은 역할을 해내고 싶었다. 궁극적으로 자아실현을 이루고 싶었기에 더더욱 사회로 나가려고 발버둥 쳤다.

가정 외에 회사라는 조직에 소속되어 새로운 역할을 부여받고, 사회적으로 인정받고 싶었다. 가정에서 내가 할 수 있는 부분은 일상이 되어 버린 지 오래다. 더 이상의 보람도 즐거움도 찾을 수 없었다. 아마도 가사 노동은 대가가 없기 때문일 것이다.

"무급 가사노동의 경제적 가치는 360조 7000억 원으로 국내총생산(GDP) 대비 24.3%의 비율로 나타났다. 1인당 무급 가사노동의 가치(연간)는 710만8000원(시급1만569원)으로 최저임금의 2배를 넘었다. [뉴스1 2018.10.8]

아무리 통계청이나 여성가족부에서 가사노동을 경제적 가치로 환산한들 나에게 소득이 생기지는 않는다. 남성의 사회활동에 의존하고, 대가 없는 가사노동만 하다가 노년이 되어버리는 삶을 살고 싶지 않았다.

일이 주는 또 하나의 행복은 "나의 시간"이다. 아이가 생기면서 인생의 중심에서 내가 사라졌다. 모든 건 아이 위주다. 주말에 놀러 가더라도 아이가 쉴만한 곳은 있는지, 탈 수 있는 놀이기구는 몇 개나 되는지 등등 모든 건 아이 중심으로 결정해야 했다. 내가 먹고 싶은 음식보다 아이가 먹을 수 있는 음식인지가 더욱 중요했다. 내가 가고 싶은 곳보다 아이를 데려갈 수 있는 곳인지가 중요했다. 그러나 일을 시작하고 회사에 있는 시간만큼은 내 인생이다.

어린이집 하원 시간에 가끔은 정장을 차려입고 헐레벌떡 뛰어오는 엄마들이 있다. 워킹맘이다. 한창 취업을 준비할 때는 워킹맘이 꿈인 적도 있었다. 멋지게 차려입고 아이를 하원 시키는 모습도 상상해봤다. 물론 막상 닥쳐보니 보통 일이 아니다.

멋지게 차려입기는커녕, 남편의 예고 없는 야근으로 급하게 하원을 시켜야 하는 경우에는 정장에 운동화다. 정해진 보육 시간은 7시까지지만 5시30분만 되어도 남아있는 아이가 몇 없는 것이 현실이다. 맞벌이를 하더라도 조부모들이 일찌감치 아이를 데려간다. 솔직히 하루 12시간 어린이집에 갇혀 있을 아이도 너무나 딱하다.

나조차도 부모님의 도움이 없다면 사회생활을 한다는 것은 상상도 할 수 없는 것이 현실이다. 점점 아이가 커가면서 혼자 어린이집에 늦게까지 남게 되는 날이 생기면 그렇게 나를 보고 서럽게 울어댔다. 이렇게까지 하면서 내가 일을 해야 하는지 고민하게 된다. 가정에서 아이의 주 양육자로서의 역할만을 할 때는 한 번도 고민하지 않았던 부분이다. 그때는 오히려 가계 살림을 어떻게 유지하고, 무엇을 통해서 소득을 높여야 할지를 고민했었다.

그럼에도 불구하고 일을 하는 이유. 일을 통해 얻는 행복 역시 무시할 수 없어서다.

게다가 일은 곧 생계다. 소득이 있어야 내 가족이 쉴 수 있는 조그마한 집도 마련할 꿈도 꿀 수 있다. 돈을 벌어야 가끔은 갑갑한 현실을 벗어나서 여행도 다닐 수 있는 여유가 생긴다. 그리고 아이에게 일하는 엄마의 모습도 보여주고 싶은 욕심도 있다.

내 아이가 조금 더 주도적으로 삶을 꾸려나가는 사람으로 자라길 바란다. 수학 100점, 영어 100점이 아닌, 본인 인생을 혼자 꾸려갈 수 있는 능력을 갖추길 바란다. 특히나 남자보다 여자의 평균수명이 더욱 길다. 냉정할지 모르나 남편 없이 아이를 양육해야 하는 상황도 생길 수 있다. 여자도 경제적 능력을 갖춰야 한다. 반드시 회사가 주는 월급이 아니어도 좋다. 오히려 회사가 아니어도 스스로 돈을 벌 수 있는 능력을 키울 수 있도록 해야 한다.

"여성 노인의 빈곤은 구조화되어 있다. 개인의 노력만으로 해결할 수 있는 문제가 아니라는 말이다. 여성 고령자는 남성에 비해 빈곤층으로 추락할 확률이 훨씬 높다. 이는 전 세계적으로 나타나고 있는 현상이지만 다른 문제와 마찬가지로 한국의 경우 더 빠르고 심각한 양상을 띠고 있다. 노인 빈민의 70% 이상이 여성, 빈곤 가구의 절반 이상이 여성 가구주 가구로 '빈곤의 여성화(Feminization of Poverty)'는 계속 심화 중이다."

[100세 수업/EBS100세 쇼크 제작팀 지금, 월북]

국민연금도 성별 격차가 있다고 한다. 경제 활동을 중단한 여성들이 늘면서 생기는 자연스러운 현상이다. 어찌 보면 여성들의 재취업은 필수일지도 모르겠다. 개개인의 사정과 형편이 있을 수 있을지 모르겠으나, 스스로가 경제력 있는 사람으로 최대한 오랜 기간 유지해야 할 필요성은 반드시 있다.

즉 일이 있어야 한다는 것이다.

회사가 나에게 주는 일도 중요하지만, 회사 밖에서 내가 창출해내고 부가가치를 낼 수 있는 일도 찾아보자. 왜냐하면 우리는 100세를 살게 될 수도 있어서다. 정년이 보장된다는 공무원들도 결국 60세가 되면 퇴직을 한다. 퇴직 이후 연금을 받아가며 여생을 살아간다는 것까지는 좋다. 그마저도 힘든 사람들이 태반이니 말이다. 그러나 정년 이후 소위 "노인"이 된 뒤의 하루 생활은 어떠할지 상상해봤는가.

지금 우리 부모님 세대들은 여가 시간이 있더라도 딱히 갈 곳도, 혹은 놀 만한 거리도 마땅치 않은 것이 현실이다.

지금은 단순히 회사에서 주는 일만을 생각하고 있지만, 일이 주는 또 다른 행복을 위해 돈이 되는 취미생활을 찾아보자. 특히나 아직까지 대한민국의 현실에서는 여자가 정년까지 채우며 회사에 다닌다는 것이 어려운 것도 현실이다.

힘들게 직장을 구했다 하더라도 결코 끝이 아니다. 이를 발판삼아 또 다른 잠재력을 찾아 부가가치를 낼 수 있는 다양한 방법을 찾자. 특히나 여성이라면 더더욱 그러할 것이다. 우리가 죽음을 결정할 수는 없기에, 그리고 우리에게는 배우자도 자녀도 있다.

얼마 전 캘리그라피 책을 구입했다. 틈틈이 연습하고, 자격증을 취득하면 강의를 할 수 있을 뿐만 아니라, 소득 창출도 할 수 있겠다는 계획이 생겨서다. 그리고 손글씨는 나이가 들어서도 할 수 있는 좋은 취미생활도 될 것이다.

마침 글 쓰는 것을 좋아하니 이보다 더 좋은 일은 없을 것 같다. 그 외에도 독서 모임과 서평 모집에 참여하곤 한다. 독서 모임을 통해 여러 분야에 있는 사람들과 만나서 얘기를 나누다 보면 유용한 정보들이 많다. 서평은 책을 읽고 기록을 남겨두는 것만으로도 좋은 책을 무료로 받아볼 수 있는 기회도 생기거니와, 가끔 소정의 상금이 있는 공모전을 통해 용돈이 생기기도 한다.

이제는 의미 없는 토익점수 보다, 내실 있는 취미생활이 필요하다. 경제력 있는 주체로서의 삶을 살면서 일이 주는 행복을 맘껏 느낄 수 있는 사람이 되자. 다시 한번 강조하지만 우리에게는 100년의 시간이 주어졌다.

지금의 내가 있게 한 공부

남의 책을 읽는 데 시간을 보내라. 남이 고생한 것에 의해
쉽게 자기를 개선할 수 있다. – **소크라테스**

기억법, 속독법, 공부법, 독서법, 영어, 일본어, 온통 자기계발서다. 집착인지, 결핍인지 모르겠다. 내가 의지할 건 '책' 이었다. 성적이 뛰어난 것도 아니고, 책을 읽는다고 전부 기억하는 천재도 아니다. 제대로 본 외국어 학습서가 없을 정도다. 토익책도 넘쳐나고, 같은 책이 2권씩 있기도 하다.

책을 읽는 것보다 사는 것이 취미인가라는 착각이 들 정도다. 게다가 주로 사는 책들은 대부분 공부와 관련된 자기계발 서적이다. 아직도 수능에 미련을 둔 고3 수험생 같다.

그러나 다시 사회로 나가야겠다는 결심도 결국 책이었다. 나와 비슷한 고민을 한 사람들의 이야기, 혹은 평범한 직장인의 성공 이야기, 3개월 만에 영어 말문이 트였다는 이야기 등등. 나에게는 희망이었다. 하고 싶었으나 해내지 못했던 일들을 이루어낸 사람들의 노하우를 알고 싶었다.

생각지도 못한 방법이 있기도 했지만, 대부분 충분히 따라 할 수 있을 만큼 간단했다. 특히나 어학에 있어서는 대부분의 책들이 "꾸준함"을 전제로 하는 방법이 대부분이다. 최근에도 베스트셀러로 꼽히는 "영어책 한 권 외워봤니?" 역시 회화책을 100일간 암기하는 것에서부터 시작했다. 저자가 권하는 책이 문장이 어렵다거나, 말하기 어려운 것이 아니다. 꾸준히 책 한 권을 외워낼 수 있다는 것과 어떻게 본인이 포기하지 않고 재미를 갖고 영어를 정복했는지에 대한 방법이 나와 있다.

"파란펜 공부법"(아이카와 히데키, 쌤앤파커스)은 공인노무사 시험공부를 할 때 유용하게 활용했던 방법이기도 하다. 그 외에도 "정답부터 보는 꼼수 공부법"(사토 야마토, 위즈덤하우스)은 일본에서 직접 저자가 와서 공부법에 대한 강연회를 하기도 했고, 참석하여 사인까지 받았던 책이다.

"공부의 신"이라 불리는 학생들의 멘토인 강성태 님은 말한다. 공부 잘하는 친구들이 어떻게 공부하는지를 보라고 말이다. 수업시간에 필기하느라 정신이 없는지, 선생님께서 하시는 말 한마디를 놓치지 않기 위해 노력하는지 말이다. 그리고 그들의 공부법을 따라 하라고 말한다.

취업 준비도 마찬가지다. 먼저 취업한 선배들의 자기소개서를 읽어보는 게 먼저다. 특히 같은 동아리 선배가 취업한 경우, 동아리 생활을 어떤 식으로 자기소개서에 녹여서 작성했는지를 보는 것이다.

그리고 따라 하라.

만약 원하는 회사에 들어간 선배가 있다면 어떤 자격증이 있고, 어떤 대외활동을 했는지 물어보라. 그중에서 내가 할 수 있는 일을 찾아보자. 비슷하게라도 어필할 수 있는 방법이라도 찾아보는 것이다. 그런 노력을 자기소개서에 녹여 쓸 수 있는 방법을 찾고 적으면 된다.

대학 졸업반 시절 한참 취업을 준비할 때다. 굴지의 은행에 취업한 선배가 있었다. 취업에 성공한 얘기를 듣던 중 증명사진만 13번을 찍었다는 말을 했다. 요즘은 당연한 일일지도 모르겠다. 그러나 그 당시에는 꽤 충격적이었다. 가장 은행원 같아 보이는 증명사진으로 제출해야 할 것 같아서가 그 이유였다.

그저 학교 앞에서 재킷만 덜렁 들고 가서 청바지 위에 걸쳐 입고 증명사진을 찍었었는데, 정신이 번쩍 들었다. 사소한 것에서부터 달랐다. 취업에 성공한 선배들, 혹은 면접에 달인이라 불리는 컨설팅 전문가들, 그들의 이야기를 직접 듣지 못한다면 책을 통해서라도 배우길 바란다.

지금 회사에서는 홍보 업무를 하고 있다. 홍보의 "홍"자도 모르는 평범한 일반인이다. 내가 홍보 업무를 맡게 되었을 때 가장 먼저 한 일은?

서점에서 홍보 관련 책을 검색하고 구입한 일이다. 부랴부랴 읽었다. 홍보란 무엇인지, 공공기관에서 하는 보도 자료가 무엇인지부터 배웠다. 엠바고(embargo), 야마(특종), 킬(Kill)당했다 등등 기자들이 쓴다는 은어도 알게 됐다. 밑줄을 긋고, 손으로 필사를 한다. 시중에는 나처럼 비전공자가 홍보 업무를 맡아 베테랑이 된 후 노하우를 써낸 책들이 많이 있다. 그들의 업무 노하우를 책 한 권을 통해 배울 수 있다.

과거 해상 수출 업무를 맡았을 때도 마찬가지다. 수출보다 급했던 건 영어다. 역시나 가장 먼저 한 일은 비즈니스 이메일 작성법 책을 구입한 것이다. 읽고 외우고 듣고 써봤다. 전화 영어를 신청해서 하루 10분씩 영어로 말해봤고, 새벽에 회화 학원도 다녔다. 사회로 나가야겠다고 마음먹었을 때 역시 책이었다. 경력단절 여성에서 다시 사회로 나가 성공한 여성들의 이야기가 담긴 이야기부터 찾아 읽었다.

공무원 시험 준비로 수년을 보내고 취업 준비에 애를 먹는 취업준비생들이 많다. 그동안 해 놓은 건 공무원 시험 준비가 전부라고 말한다.

수험생에게 "그깟 공무원 시험 준비?"라고 말할 수 있는 사람 있을까?

시험 준비에 쏟아부은 시간을 낭비했다고 생각하지 말자. 누구보다 본인 인생에 충실했고, 잘해보고자 노력했고, 최선을 다했다. 불합격했다고 인생이 불합격은 아니다. 기업에 들어가자니 공무원 시험 준비 외에 나이만 먹어 버린 자신이 싫어지는 것도 당연하다. 그러나 우리가 언제부터 기업들이 정해놓은 스펙대로 살아야 했는지 생각해보자. 기업이 원하는 인재상에 우리의 인생을 맞춘다면 대한민국에 공무원은 없다. 그리고 우리 인생에 별것 아닌 일도 없다.

서점에 가서 자기계발이나 에세이 분야 책들을 살펴보라. 퇴사 후 1인 기업으로 수억을 벌었다는 성공담, 자신만의 노하우로 창업 후 다시 일어선 인생 이야기 등 그 기반은 모두 실패였다.

나 역시 공인노무사 준비로 2년을 보냈다. 합격했더라면 시험 준비 기간이 매우 의미 있었다고 했겠지만, 불합격했다. 불합격과 동시에 2년이라는 시간을 낭비로 치부해버리면 그만일까? 그렇지만 이것도 인생의 중요한 사건이다. 불합격도 경험했고, 그걸 견뎌내고 다시 기업에 지원하기까지의 과정은 더더욱 소중하다.

100번 불합격, 1번의 합격

포기해야겠다는 생각이 들 때야말로 성공에
가까워진 때이다. - 밥 파슨스

'자소서 포비아'

자기소개서를 작성하는 것에 두려움을 느낀다는 신조어다. 취업 시장이 어려우니 웃을 수만은 없는 신조어들이 많다. 나 역시도 자기소개서라면 진절머리가 날 정도다. 내 인생을 1,000자로 늘렸다가, 500자로 줄였다가 다시 2,000자로 늘리기도 했다. 기업에 따라 자기소개서에 들어가는 질문이 비슷한 듯 다르다.

같은 문제라 하더라도 글자 수가 달랐다. 요즘에는 서류전형과 더불어 온라인 인성검사도 실시하는 기업이 많다. 어렵게 서류전형을 통과하더라도 보통 면접은 2차, 3차까지 있다. 인재를 뽑기 위해 숙

박을 해가며 면접을 치르는 것은 흔한 일이 되어버렸다.

하루에 많게는 12개의 자기소개서를 써냈다. 12개의 자기소개서가 뭐 얼마나 어렵겠느냐 할 수도 있겠다. 그러나 아이를 키우면서 시간을 쪼개 회사에 지원한다는 것이 쉽지 않다. 게다가 자기소개서 작성만큼 사람의 진을 빼는 작업도 없다. 보통 5개 정도 문항의 자기소개서 분량은 문항당 500자씩만 해도 2,500자다. 글자 수는 너무 적지도, 너무 많지도 않게 써야 한다. 그뿐만 아니다. 기업 사이트마다 검색해서 최근 이슈가 되었던 사건은 없는지, CEO의 신년사 등 사전 준비 작업까지 하자면 보통 어려운 일이 아니다.

인사담당자들이 말하는 탈락하는 자기소개서

최근 취업포털 사람인이 기업 인사담당자 262명으로 '탈락에 이르는 치명적인 서류 실수'에 대해 조사한 결과, 86.2%가 "탈락 처리하는 서류 실수가 있다."고 응답했다.

이들 가운데 58.4%는 '감점'만으로 넘어간다고 했지만, 19.8%의 응답자는 '무조건 탈락시킨다.'고 밝혔다. 이러한 서류 실수를 부정적으로 보는 이유로는 △기본적인 자세가 안 된 것 같아서(51.7%)△

묻지마 지원인 것 같아서(40%) △입사 의지가 부족해 보여서(29.3%) △업무 능력도 떨어질 것 같아서(23.9%) △실수 없는 지원자와의 형평성을 위해서(8.3%) 등이 꼽혔다.

잠은 쏟아지고, 지원한들 합격한다는 보장도 없는 상황에서 매일매일 지원서를 작성하는 일은 너무나 고됐다. 이러다 보면 Ctrl+C, V가 될 수밖에 없었다. 수시로 면접이라도 볼 수 있었다면 자기소개서를 쓸 때 힘이 됐을 수도 있겠다.

그러나 그런 면접의 기회는 자주 오지 않았다. 설사 면접에 오라는 소식을 전해 들었을 때에도, 들러리로 날 세우는 건 아닌가 하는 의심 가득한 생각만 들었다. 모든 기업을 복사하고 붙여넣기로 적은 건 아니지만, 취업준비생에게 자기소개서는 두려움이 되기도 한다.

그나마 블라인드 채용이 대세이다 보니, 공공기관은 웬만하면 필기시험장까지는 갔다. 필기시험장은 수능이 따로 없다. 추리닝 바지에 미리미리 간식과 타이머, 텀블러, 여분의 펜들까지. 만반의 준비를 한 취업준비생 사이에 어설프기 짝이 없는 내가 앉아 있었다. 다들 언제 그렇게 책을 봤는지 너덜너덜한 문제집을 보니 스스로 자괴감이 들 정도다. 거기에 메이저 공기업 필기시험 날은 스터디원들이 서로 만났는지 오늘의 컨디션에 대해 얘기하는 모습도 보이기에 더 위축됐다.

상황이 이렇다 보니 점점 자기소개서가 무슨 의미인가 싶었다. 필기시험과 나는 인연이 없었다. 특히 수리영역을 보는 기관은 불을 보듯 불합격이 뻔했다. 숫자의 일정한 규칙을 찾거나 도형을 이리저리 돌려봐야 아는 문제들은 아무리 연습해도 늘지 않았다. 나에게는 그저 아이큐 테스트로밖에 보이지 않았다. 그저 감은 잃지 말자는 정도로 문제집을 사서 푸는 것이 최선이었다.

1	2	3	4	5
6	8	12	20	( )
68	71	80	107	188

[NCS, 위포트 수리영역 10번]

거기다 소금물의 농도, 제품의 이윤, 확률 등 중 · 고등학교 수학 시간에나 볼 법한 문제들도 단골이다. 보는 순간 문제 푸는 방법을 알아야 한다. 고민할 시간도 없다. 이것 외에도 문제해결, 자원관리, 조직이해 등 평가 내용이 많다.

"7층 건물의 엘리베이터는 모든 층에서 타고 내릴 수 있다. 엘리베이터 안에는 철수, 만수, 태영, 영수, 회수, 다희가 타고 있는데 각각 다른 층에서 내린다. 엘리베이터가 1층에서 올라가는데 다희는 철수보다는 늦게 내렸지만 영수보다는 빨리 내렸다. 희수는 만수보다 한 층 더 가서 내렸고 영수보다는 세 층 전에 내렸다. 영수가 마지막에 내린 것이 아닐 때, 짝수 층에서 내린 사람은"

[2015 한국산업인력공단 – 기초인지능력]

유형도 다양하고, 학교 시험처럼 범위가 정확하게 정해졌다고도 하기 애매하다. 게다가 기관마다 출제 영역이 다르기 때문에 자신이 가고자 하는 회사가 어떤 영역을 출제하는지 미리 알고 준비해야 한다.

과연 NCS가 직무를 성공적으로 수행하기 위해 필요한 능력, 지식, 기술, 태도 등을 국가 차원에서 표준화한 것이 맞는지 의심도 들었다. 박 과장이 출발하고 15분 뒤에 출발한 김 대리가 몇 분 후에 만나는지 계산하는 것이 회사 직무에 필요한지 말이다.

난 그저 불합격의 아이콘처럼 맥없이 떨어졌다. 공부를 아무리 해도 자신감도 생기지 않았고, 수리영역이 있는 기관은 그저 피하기만 했다. 오히려 그것이 전략이 되었다. 굳이 안 되는 걸 붙잡고 있을 필요도 없었다.

게다가 내 발목을 잡았던 것은 전공과목이다. 졸업한 지 10년이 넘었다. 그렇다고 제대로 사법고시를 준비해 본 적도 없다. NCS 공부로도 벅찬데 전공과목까지 해야 하니 답답하기만 했다.

그러고 보니 메이저 공기업을 준비하는 취업준비생들은 하루 8시간 필기시험을 위해 투자한다고 한다. 게다가 스터디 역시 조건이 충족되는 사람들끼리 모인다고 하니 참여 신청은 애초에 포기했다. 스터디를 모집하는 건 더더욱 어렵다. 그나마 취업 카페에서 진행하는 온라인 스터디에 참여했다. 짧지만 일부 문제에 대한 풀이 과정도 들을 수 있다. 궁금한 건 질문하고 답변을 얻었다. 할 수 있는 최선이었다.

지금까지 지원한 회사를 이곳에 나열하면 한 페이지로는 부족하다. 대부분의 취업준비생도 그럴 것이다.

히딩크 감독이 대한민국 월드컵 4강을 이끌고 이 말이 유행했었다.

"꿈은 이루어진다."

나 역시 노동법 법전에 매일 같이 적었었다. Dream come True. 기를 박박 써가며 공부했지만, 어쨌든 결론은 불합격이었다. 그렇다. 안 되는 것도 있다. 화려한 미사여구로 된다고 아무리 되뇌어도 안 되는 것도 분명 있다. 희망은 물론 가져야 한다. 그래야 세상사는 힘도 나고, 살맛도 난다. 다만 안 되는 것을 받아들일 필요도 있다.

당신은 유망주도 아니고 실패자도 아니다.

불교의 가르침에 따르면, '자아'란 각자가 제멋대로 만들어낸 관념일 뿐이며, 우리는 내가 존재한다는 생각 자체를 버려야 한다. 다른 말로 하며, 자의적인 기준으로 자신을 규정하는 행위는 사실상 자승자박이나 마찬가지이니 차라리 모든 것을 놓아버리는 편이 낫다는 뜻이다. 어떻게 보면, 신경 끄라는 소리나 마찬가지다.

[신경끄기의 기술, 마크맨슨]

지금 다니는 회사는 3번째 회사다. 3번째 회사에 다니기까지 내가 썼던 자기소개서는 모두 몇 개일까. 보통 한 곳의 기업을 찾기 위해 쓰는 자기소개서를 200개 정도만 잡더라도 600번 자기소개서를 제출했다는 얘기다. 이 말은 결국 597번의 불합격 메일을 받았다는 소리이기도 하다. 이 정도면 '프로 불합격러'라 해도 과언이 아니다. 반대로 600개 기업에 합격했다고 가정해보자. 매일매일 다른 회사로 출근할 수는 없다. 우리는 내가 내민 손을 잡아주는 기업 1곳만 있으면 된다.

그럼에도 불구하고 일을 해야 하는 이유

미래는 일하는 사람의 것이다. 권력과 명예도 일하는
사람에게 주어진다. - 힐티

일을 시작하니 '워킹맘' 이 되었다. 다행히 가족들의 도움을 받아 아이의 등하원은 물론, 집안일까지도 걱정을 덜었다. 일을 하면서 느낀 점은 아이가 있는 상태에서 일을 하는 여성들이 참으로 대단하다는 것이다. 돌보미를 두고 있는 경우도 있었고, 온 가족들이 번갈아 가며 아이를 돌봐주는 경우도 있었다.

유연근무제를 써가며 새벽같이 아이를 등원시키고 출근하는 직원도 있다. 그야말로 전쟁이다. 어떨 때는 대한민국 전부가 6시가 되면 일제히 전력을 끊어버리면 좋겠다는 생각도 했다. 어린이집의 보육시간을 늦은 시간까지 연장하는 것이 아니라, 주 양육자인 부모가 제시간에 퇴근할 수 있는 환경이 더 중요하다고 느껴져서다. 전기도 아끼고 지구도 살리고 근로자도 좋은 1석 3조가 아닌가.

"세상이 아무리 좋아졌다고 해도 일을 병행하는 건 쉽지 않아. 워킹맘은 늘 죄인이지. 회사에서도 죄인, 어른들께도 죄인, 애들은 더 말할 것도 없고, 남편이 봐주지 않으면 불가능한 일이야. 일, 계속할 거면 결혼하지 마. 그게 속 편해."

[드라마 '미생' 중에서]

드라마 속 대사가 남의 일 같지 않다. 뭐 얼마나 대단한 일을 한다고 야근을 하고, 새벽에 출근하는지 싶기도 하다. 아이는 점점 커서 아침에 엄마랑 같이 학교에 가고 싶다는 말을 한다. 음식도 못하고 재미있게 놀아주지도 못하지만 엄마가 필요하기는 한가보다. 가끔 짠하기도 하고, 지칠 때도 물론 있다. 퇴근 후에도 아이와 끊임없이 놀아주어야 하고, 책도 읽어주고, 멍하니 앉아 텔레비전을 보는 사치 아닌 사치이며 할 수 없는 것이 현실이다.

그럼에도 불구하고 일을 해야 하는 이유는 내 인생이 소중해서다.

아이의 인생을 나와 동일시할 수는 없다. 18세가 될 때까지 양육하겠다라고 결심한들 그게 가능한 일인가. 아이는 우리 인생에 보너

스처럼 던져진 행운이다. 언젠가 자라나서 본인의 인생을 살아갈 것이고, 그저 옆에서 든든한 울타리가 되어주면 된다. 어느 순간 우리 인생이 자녀라는 하나를 위해 사는 것으로 바뀌었는지 생각해보라.

어릴 적 꿈이 아이를 낳아 기르는 것이라고 하는 사람은 단 한 사람도 없다. 저마다 마음속에 소망이든 희망이든 꿈이든 바람이든 지니고 산다. 물론 일 자체가 꿈은 아니지만, 그럼에도 불구하고 계속해야 하는 이유이기는 하다.

개개인이 처한 상황은 다르겠으나, 여의치 못한 현실에 퇴사를 하게 되더라도 본인 인생을 놓치는 마라. 우리도 부모님이 사회에 나가 무언가를 해내라고 지금까지 길러주신 것이다. 아이의 일정을 체크하고, 옆에서 도와주는 든든한 울타리가 되어야 하는 우리도 나만의 방향은 있어야 한다. 이왕이면 사회에서 생산적인 일을 하고 자신만의 길을 묵묵히 걸어갔으면 좋겠다.

PART 05

다시 시작하는 이들을 위한 이불 밖 리얼 조언

“

궁극적인 목표는 취업이다.
새로운 기술을 배우거나
창업을 하는 것도 방법이고, 좋다.
다만, 육아로 인해 그동안 차곡차곡 쌓아왔던
커리어를 포기하기에
당신은 너무 아까운 존재다.

”

하고 싶은 일을 찾기 위한 과정이 중요하다

무언가를 간절히 원할 때 온 우주는 자네의 소망이
실현되도록 도와준다네. - **파울로 코엘료, 「연금술사」**

세계 7대 불가사의 중 하나라고 해도 손색없을 직장인의 고민.

"뭘 하고 싶은지 모르겠어."

하지만 한 가지는 확실하다.

"회사는 아닌 것 같아."

지금의 회사가 싫은 건지, 다른 일을 하고 싶은 건지 명확하지 않다. '회사는 아니다.' 가 아니라 '회사는 아닌 것 같다.' 라는 모호한

표현을 쓴다. 즉 확신은 없다는 얘기다. 더 중요한 건 무엇을 하고 싶은지 아무리 고민해도 답을 찾을 수가 없다는 점이다. 고민 끝에 회사가 싫어서 퇴사를 하고는 다른 직장을 알아본다. 돌고 돌아 회사다. 혹은 회사에 다니면서 이직 준비를 한다. 여전히 내가 무엇을 하고 싶은지는 모른다.

결국 지금의 회사만 아니면 된다는 결론일까?

회사에서 좋아하는 일을 한다는 것은 참으로 어렵다. 회사에 다니는 목적은 생계다. 직장인은 나라를 구하는 독립열사도 아니고, 회사는 그저 돈을 벌어서 먹고사는 수단이다. 좋아하는 일도 하고 돈도 번다면야 좋겠지만, 1인 기업이 아니고서야 그렇게 하는 건 녹록지 않다. 게다가 좋아하는 일도 생계가 되다 보면 힘에 부치는 일도 생길 것이다. 결국은 먹고 사는 문제가 될 테니 당연히 쉽지는 않다.

나 역시도 무엇을 하고 싶은지 몰라서 한참을 헤맸다.

왜 갑자기 하고 싶은 걸 찾게 되었을까?

힘들게 공부해서 대학 나오고 취업하면 멋지게 살게 될 줄 알았다. 백화점 마네킹이 입고 있는 옷을 그대로 내가 입고, 주말이면 교외로 나가 드라이브도 하고, 간간이 해외여행도 다니는 여유로운 삶을 살 수 있을 줄 알았다. 현실은 달랐다.

매달 들어가는 생활비에, 대출 상환에 그저 월급날 잠시 내 통장에 Log-in 되었다가 Log-out 되는 상황의 반복이다. 매월 저축은 의미가 없다. 대출 원금을 상환해서 이자를 최대한 줄이는 것이 재테크가 된 지 오래다. 사는 재미를 잃어간다. 그저 카드값 내느라, 생활비 마련하느라 다니는 것이 회사가 되었다.

그래서 내가 자꾸 좋아했던 건 무엇이었는지 찾게 됐던 것 같다. 회사가 싫긴 한데 어떤 점이 싫은지는 모른다. 그런데 지금 상황은 싫다. 계속 반복이다. 이건 슬럼프라는 이름으로 간간이 찾아오기도 한다.

회사는 연차가 쌓일수록 다닐 만해진다. 일도 손에 익고, 아래로 후배들이 들어오면 업무를 나눠줄 수도 있다. 업무가 주는 만큼 책임감은 늘지만, 회사의 터줏대감처럼 웬만한 일은 금방 처리할 수 있는 내공이 생기기 때문이다. 어떤 날은 하루 종일 멍하니 앉아만 있는 날도 있었다. 그럼에도 월급은 꼬박꼬박 나온다. 이래도 월급이 나오고, 저래도 월급은 나온다. 좋은 듯하지만, 이런 생활이 반복되다 보니 내가 좋아하는 일이 무엇인지 더 고민하게 되는 아이러니한 현상도 생긴다.

나는 회사에 다니면서 2번의 면접을 봤다. 이유는,

첫째 회사가 싫어서
둘째 더 좋은 회사에 다니고 싶어서.

회사는 왜 싫지? 더 좋은 회사의 기준이 뭘까. 연봉? 연봉이 파격적이면 회사에 다니고 싶어질까? 그럴지도 모른다. 적어도 밤새 야근한 것에 대한 보람이 돈이라면 참고 다닐 만할지도 모르겠다.

첫 번째 회사의 면접은 불합격, 두 번째 면접은 1차는 통과했으나 최종 면접에는 가지 않았다. 돌고 돌아 회사인데 연봉 그게 높아진다고 내가 만족할까에 대한 확신이 없어서였다.

정말 회사라는 것 자체가 싫은지, 지금 하는 일이 싫은지, 같이 일하는 동료가 싫은지, 연봉을 도저히 받아들일 수 없는지, 진심으로 하고 싶은 일이 있는지.

이런 고민 끝에 다양하게 배울 수 있는 것들을 찾기 시작했다. 책도 많이 읽었고, 강의도 들었다. 퇴근 후에 나를 찾는 시간을 갖게 된 것이다. 서두에 말했듯이 취업을 하고 싶은 기업도 없었던 나다. 남들이 3월에 삼성이 공채를 시작하면 취업의 필수 과목처럼 지원하기에 부랴부랴 원서를 제출했던 나다.

회사라는 곳은 돈을 주는 PC방 같다. 눈이 뻑뻑해질 때까지 앉아서 컴퓨터를 바라본다. 자리에 앉아 오는 전화를 받고, 간간이 서랍에서 간식을 꺼내 먹는다. 머리가 아플 때면 잠시 나가 바람을 쐬고 다시 내 자리로 돌아온다. 대화도 없이 메신저만으로 일 처리를 하고, 진이 다 빠질 때쯤 퇴근이다.

이런 생활이 반복되다 보면 지친다. 삶에 활력소가 전혀 없이 돈 버는 기계가 되어버리는 거다. 그렇다고 회사를 당장 그만둘 수도 없는 노릇이다. 이미 월급에 맞춰 소비 패턴이 정해져 버렸고, 고정 지출도 생겼다.

여기저기서 가입하라는 보험은 죄다 가입해버렸고, 해지하자니 원금이 아깝다. 방법을 찾아야 했다. 일단 회사 업무를 잊을 수 있는 다른 무언가가 필요했다.

불행한 것은 많은 사람들이 자신이 즐거워하는 것을 버리고, 주위의 평판이나 경제적 이득 때문에 노동의 길로 들어서고 있다는 점이다. 그들은 스스로 비범해질 수 있는 길을 버리고 평범한 길로 나아가고 있는 것이다. 비록 그렇다고 할지라도, 우리에게는 차선책이 존재한다. 그것은 자신의 일에서 놀이가 가진 즐거움과 창조성을 되찾으려는 노력을 게을리하지 않는 것이다.

"명심하자. 아이 때 경험했던 놀이의 즐거움을 되찾지 못한다며, 우리에게 행복한 삶은 그만큼 멀어질 수밖에 없다는 사실을 말이다."

[철학이 필요한 시간 p.307, 강신주]

"로마인 이야기"를 재미있게 읽은 뒤로 율리우스 카이사르가 말했던 "주사위는 던져졌다. 가라." 이 말을 좋아한다. 일단 결정이 났으면 무엇이든 하는 것이고, 해야 한다. 어찌 보면 회사 자체를 포기하고 공인노무사 시험에 도전했다.

핵심은 회사를 포기하기까지 하고 싶은 일을 찾아 충분히 헤맸다는 점이다. 그래서 다시 회사를 찾을 때는 조금 더 수월했다. 20대 멋모르고 마구잡이로 원서를 냈던 것과는 달랐다. 특히 공백이 있고 돌봄이 필요한 아이까지 있는 상황에서 회사를 찾아야 하는 우리라면 더더욱 그러하다.

이불밖으로 나갈 "꺼리"를 찾아라

자신이 할 수 없다고 말한 것을 누군가가 하는 것을 보는 것만큼
당혹스러운 일은 없다. - **샘 유잉**

아이가 어린이집에 갔다. 오전 10시부터 4시까지는 오롯이 내 시간이다. 저 시간이 무언가 할 수 있을 것 같으면서도 굉장히 애매한 시간이다. 아르바이트를 하기에는 짧고, 학원에 다니자니 맞는 시간대를 찾기가 어렵다. 그럼에도 다시 사회로 나갈 준비를 하는 입장이라면 반드시 활용해야 하는 중요한 시간이다.

나는 이렇게 활용했다.

먼저, 고용노동부의 취업성공패키지

취업성공패키지의 참여대상자는 만 18세~69세이다. 유형은 두 가지로 나뉘는데 청장년층(만 34세 이하)에 속하는 경우 취업상담, 개인별 취업 활동 계획 수립, 직무적성검사 등을 받아 볼 수 있다. 여기에 꾸준히 참석하면 참석 수당(최대 20만 원)도 받을 수 있다. 물론 www.work.go.kr 사이트에 가입하고, 구직신청을 한 뒤에 거주지 관할 고용센터에 방문하면 좋다. 방문 전 필요한 구비서류가 있으니 꼭 전화로 문의 후 방문하도록 하자.

[참고: 고용노동부 취업성공패키지]

일단 뭐라도 해야겠다는 생각이 들어서 신청했다. 신청이 완료되면 일주일 이내 직업상담사와 1:1 상담이 시작된다. 직무적성검사를 받고 나에게 맞는 분야를 설명해 준다. 직무에 대해 상담도 받을 수 있고, 수당도 나오는 꽤 괜찮은 프로그램이다. 한참 우울감이 심했을 때였는데, 거짓말처럼 심리상태가 결과에 나왔다.

직업상담사와 단둘이 마주 앉아 앞으로 어떤 일을 하면 좋을지 얘기하는 것만으로도 취업에 한 발짝 다가간 느낌이 든다. 매주 참석하고 수당을 받았는데, 수당을 받으니 좀 더 의욕적인 마음이 들기도 했다. 그렇게 사회생활을 위해 준비를 하고, 누군가와 고민을 같이 나눌 수 있었기에 다시 사회로 나갈 수 있겠다는 마음을 다잡을 수 있었다.

다만 이 프로그램에 지원하는 사람도 많고, 직업상담사 1명이 맡고 있는 구직자들이 많다 보니 너무 큰 기대와 효과를 얻기에는 다소 부족한 감이 있다.

그리고 취업준비생들에게 꼭 필요한 어학 부분에 대한 지원은 없다. 그 부분만 빼면 다양한 분야의 교육 지원이 있다. 특히 공백이 긴 경우나, 혹은 자기 진로에 대해 확신이 없는 초보 취업준비생들이라면 네일아트, 미용, 직업상담사 등 생각지도 못한 부분을 공부해 볼 수 있는 기회이기도 하다.

또 다른 이점은 무엇보다 아침에 눈을 뜨면 나에게도 "할 일"이 생겼다는 것이다.

정해진 날 직업상담사를 만나러 가야 한다. 추리닝 차림으로 갈 수는 없으니 옷도 차려입고, 이왕이면 화장도 해본다. 한 시간 정도의 상담이지만 잠시라도 내가 살아있음을 느낄 수 있다. 그리고 매주 갈 때마다 뭔가 새로운 것을 준비해야 하기에 스스로를 움직이게 해 주기도 한다.

밖에 나갔다 돌아오면서 머릿속에 새로운 아이디가 생기기도 하고, 나도 모르게 힘이 난다. 그렇게 이불 밖으로 나갈 "거리"가 점점 생기게 되고, 연락이 끊겼던 직장의 동기들이나 친구들과도 연락을 해 볼 용기가 생겼다.

특히 자기소개서에 단골로 나오는 질문, "최근 3년 혹은 5년 이내 직면했던 삶의 어려움이 무엇이었으며 그것을 어떻게 극복했는지 기술하시오."

난 실제 지금의 회사에 입사할 당시, 취업성공패키지에 참여하여 재취업을 위한 준비와 어려움을 극복해 나간다고 기술하기도 했다. 자기소개서에도 넣는다면 괜찮은 소재가 될 수도 있다. 특히 우리에게는 공백이 있다. 의외로 저 질문에 답하기가 굉장히 곤란하다. 왜냐하면 최근 3년이면 아이와 함께한 시간이 전부이기 때문이다.

또 하나의 팁을 주자면 자투리 시간이 날 때 할 수 있는 "자원봉사" 활동이다.

자기소개서의 웬만한 질문에 답하기 좋은 내용이다. 그리고 생각보다 자원봉사를 원하는 곳이 많다. 새로운 경험이 될 수 있고, 누군가에는 도움을 줄 수 있으니 1석2조다.

"1365자원봉사포털" 사이트에는 내가 사는 집 근처에서 가까운 자원봉사 활동을 찾아볼 수 있다. 공백이 있다면 특히나 자기소개서 작성 시 최근 해 온 일에 대한 경험이 없으므로 봉사활동은 더욱 유용하다.

[건강보험심사평가원]

커뮤니티, 동아리/동호회, 봉사활동 등의 경험 중 대표적인 경험 1가지에 대하여 구체적으로 기재하여 주시기 바랍니다.

[최소 200자, 최대 500자 입력가능]

[KOTRA 무기계약직]

직무 관련 교육, 경력 및 경험 사항에 대해 상세히 기술해주시기 바랍니다.

[고객안내센터, 사업안내, 콜센터, 사무지원 등-KOTRA 무기계약직 직원 채용]

2019년 실제 신입사원 선발 당시 제시됐던 자기소개서 질문이다. 이 문항에 답해야 하는 경력단절 여성이라고 가정해보자. 무엇을 적겠는가. 자원봉사 활동을 해온 이력이 있다면 그 내용을 바탕으로 풍부하게 적어나갈 수 있다. 봉사활동을 하면서 많은 사람들을 만나봤고, 도움이 필요한 사람들인 만큼 친절하게 그들에게 도움을 줬다는 사실만으로도 기술하기에 부족함이 없다.

두 번째는 준비&운동이다

먼지가 뽀얗게 앉아있는 정장들 속에서 입을만한 옷을 골라냈다. 혹시나 하는 마음에 드라이도 끝낸 상태라 아직도 비닐이 씌워져 있다. 문제는 내 몸이 저 옷 속에 들어가겠느냐는 점이다. 추리닝으로 24시간을 보내다 보니 정장이 꽉 끼였다. 단추는 가까스로 잠글 수 있었으나 앉을 수는 없는 그런 상태다. 앉는다 하더라도 허심탄회하게 한숨을 쉬면 바지 버클이 뜯길 것 같은 그런 상황 말이다.

당장 내일이라도 면접을 볼 수 있겠냐는 전화를 받을 수 있다. 내가 그랬다.

불합격의 연속이었지만 그래도 어딘가 나와 맞는 회사가 있을 것이라는 생각을 늘 했다. 그리고 회사가 날 고용하려고 한다면 이왕이면 당장이라도 출근해서 일할 수 있는 있는 사람을 좋아하지 않겠는가. 회사는 인력을 찾으면 하나 같이 빨리 출근해주길 바란다. 나 역시도 그랬다. 면접을 보러 와줄 수 있겠냐는 연락을 받았을 때, 헬스장 등록 일주일 째 되는 날이었다. 미세하게 다이어트 효과를 보고 있었는데, 덕분에 집에 있던 정장을 입고 면접에 갈 수 있었다.

그렇게 면접을 보고 이틀 뒤에 바로 출근하라는 연락이 왔다. 몸풀기 준비 운동처럼 취업 준비 운동을 하고 있자.

마지막은 "내 하루 일정"짜기이다

남편도 아이도 없고, 나 혼자 있는 시간에 하루 일정을 짜보자. 누군가 근태를 체크하는 것이 아니다 보니 꾸준히 하기 어렵다. 그래서 잠들기 전에 생각을 해봤다. 내일은 뭘 해야 할지. 그리고 오늘 세운 계획대로 일을 했는지도 체크 해봤다. 대단한 건 없었다. 굿모닝 팝스를 들었는지, 복습은 했는지, 서점에는 다녀왔는지, 취업 사이트에서 원서를 낼 만한 곳을 찾아봤는지, 하루에 1곳은 무조건 원서를 넣었는지 등등이다.

사회로 나갈 준비를 하고 있다면, 그 마음을 취업하는 그 순간까지 꽉 잡고 있어야 한다.

한 번에 취업이 되리라는 생각은 안 했지만, 이 정도로 취업이 힘들 줄은 몰랐었다. 신입은 신입대로, 경력직은 경력직대로 애매한 나의 상태에서 불합격은 덤이었을지도 모른다. 그럼에도 포기하지 않도록 내 스스로를 부여잡아야 하는 것 역시 자신이다.

세상에서 가장 어려운 일을 꼽는다면 뭘까.

“시작”이다. 다이어트가 어려운 이유는 헬스장에 가는 게 어려운 것이 아니다. 헬스장을 가려고 거실에 널브러져 있는 내 몸을 일으켜 세우는 시작이 어려운 것이다. 그 시작은 누구에게나 어렵다. 최근 블로그를 통해서 내 마음과 시작을 다잡고 있다. 공개적으로 내가 할 일을 기록해 두는 것이다. 물론 누군가로부터의 피드백은 없다.

단지 이것도 내가 기록해 놓은 일에 대한 결과물을 적기 위한 하나의 수단일 뿐이다. 주변에서 평범한 사람들이 성공한 경우를 보면, 사소한 것일지라도 꾸준히 해 왔다는 점을 들 수 있다. 특히 외국어를 유창하게 해낸 사람들의 성공담이 그러하다. 책 한 권 외우기, 영화 대본 외우기, 미국 드라마 통으로 암기 등 누구나 할 수 있지만, 끝까지 해낸 사람은 결국 성공한다. 즉 시작도 끝도 꾸준함이고, 독기를 품어야 한다.

다시 사회로 나가야겠다는 마음을 먹었다면 지금 얼마나 절박한 마음인지 안다. 그러나 한 번에 취업에 성공한다는 보장도 없고, 생각보다 많은 불합격을 견뎌내야 할 수도 있다. 끝까지 지금 이 시작을 가지고 갈 수 있도록 나만의 필살기 하나쯤은 꼭 만들어놓길 바란다.

자신에 투자하라

모든 사람들이 세상을 바꾸겠다고 생각하지만 어느 누구도
자기 자신을 바꿀 생각은 하지 않는다. - **레오 톨스토이**

"입을 옷이 없어!"

옷장을 열어 보니 한숨이 나온다. 작년 이맘때 헐벗고 다녔던 것도 아닌데, 옷이 없다. 옷걸이에 걸려있는 옷들은 하나같이 우중충하다. 맞을까 싶기도 한 바지와 스커트, 철 지난 꽃무늬 블라우스. 어느 옷 하나에도 손이 안 간다. 짜증이 난다. 사는 게 뭐라고 옷 한 벌 제대로 없는지 말이다. 직장생활이 무려 7년이다. 한 달에 한 번씩 옷을 샀으면 자그마치 84벌의 옷이 옷장에 가득해야 정상이다.

"안 사니까 없는 거야!"

그렇게 옷장 문을 닫으면 부서지겠느냐고 핀잔주는 남편이 한소리 거든다. 그렇다. 옷을 안 사기도 했다. 직업이 주부로 바뀐 뒤부터 백화점도 인터넷 쇼핑도 뜸해졌다. 몸에 꽉 끼는 스키니 청바지도 싫어졌고, 블라우스는 쳐다보지도 않은지 몇 년이 흘러버린 것 같다. 게다가 화장품도 안 쓴 지 오래되니 마스카라는 말라비틀어졌고, 파운데이션은 쩍쩍 갈라져 있었다. 초췌해 보이는 내 얼굴도 결국 내 탓이다. 굳이 누굴 만날 일이 없으니 나를 살필 이유가 없어졌다.

"엄마, 어디 아파요?"

이제는 아이의 눈에 내가 아파 보이기까지 하나보다. 하기야 내 눈은 상한지 3일 정도 지난 굴 같다. 탱글탱글함은 사라지고, 흐물흐물하여 한눈에 보더라도 상했구나 싶은 굴 말이다. 가뜩이나 눈꼬리가 쳐져서 열심히 아이라인을 그려가며 생기 가득해 보이도록 노력했었는데, 지금은 아니다. 거기에 몸이 잘 붓는 체질이라 아침에는 눈이 팅팅 부어있기까지 하니 가관이다.

어쨌든 아이 눈에조차 그렇게 비쳤나 보다. 친정엄마는 칠순을 바라보는 연세임에도 참으로 부지런히 화장을 하신다. 머리에 구르프를 말고, 꾸준히 얼굴에 팩도 하고 그런 엄마의 눈에 젊디젊은 딸이

집에서 저렇게 무기력한 모습으로 있으니 답답하기도 하셨을 듯싶다.

"포미족"

자신에 대한 투자를 아끼지 않는 소비자를 말한다. 포미란 건강(for Health), 싱글(One), 여가(Recreation), 편의(More convenient), 고가(Expensive)의 앞글자만 조합해 만든 단어이다. 이들은 자기 관리나 자기만족을 위한 소비에 특히 관심이 많으며, 자신을 위한 보상을 중요시하고 고가의 제품이나 프리미엄 서비스 등에도 관심이 많은 것이 특징이다.

[출처 : 시민일보 2016년 1월]

거창한 투자를 말하는 건 아니다. 수십만 원의 수강료를 들여 학원 수강을 하라는 것도 아니다. 그저 지금 상황에서 나에게 할 수 있는 최소한의 노력을 말하는 것이다.

혼자만의 시간을 갖도록 조언하는 것도 같은 맥락이다. 아이를 키워보기 전에는 몰랐다. 내 시간이 이렇게 소중한 줄 말이다. 공부에만 집중하고, 독서실에 앉아있을 수 있는 몇 시간이 그렇게 소중했다.

흔히 출산 후 겪게 되는 우울증에 햇빛을 의도적으로라도 쐬라고 말한다. 햇빛을 볼 때도 혼자여야 한다. 아기 띠를 하고 힘들게 한 걸음 한 걸음 옮기는 무거운 발걸음은 도움이 되지 않는다. 오히려 아이와의 관계에 더욱 악영향을 끼칠 수 있다.

20대에는 혼자만의 시간이 이렇게 필요하고 중요한 줄 몰랐다. 그리고 그때는 혼자 있더라도 바빴고, 늘 할 일이 있었다. 그런데 나이를 한 살 한 살 더 먹어가면서 갖게 되는 나만의 시간은 달랐다. 그리고 달라야 한다. 이유는 우리가 생각보다 오래 회사에 다니며 살아가야 한다는 것을 알기 때문이다.

지금 일하는 직장이 공공기관이다 보니 자치구에서 하는 각종 행사나 지역주민을 위한 교육과 복지정책들을 많이 알게 됐다. 해당 지역구의 미취업자를 위한 취업스쿨이나 혹은 경력이 단절된 이들을 위한 재취업 강좌, 그 외 독서 모임이나 건강검진까지 의외로 많다.

얼마나 많은 사람들이 참여하는지는 가늠할 수 없으나, 내가 취업 준비를 할 때는 왜 몰랐을까 싶은 지원들이었기에 많이 아쉬웠다. 각자 지역구에서 추진하는 취업지원, 혹은 일자리 박람회, 무료 강연회 등을 알아보길 바란다. 무언가 자극제가 될 뿐만 아니라 우리 이력서를 좀 더 빛나게 해 줄 수도 있다. 의외로 홍보가 되지 않아 참여자가 많지 않은 행사들이 많다. 거주하는 곳의 구청, 혹은 동사무소 홈페이지만 간단히 살펴보더라도 의외의 지원이 많다는 것을 알려주고 싶다.

단순 자격증 취득이 아니라 각 분야의 전문가들 강연을 한 번 듣는 것만으로도 인생이 바뀔 수도 있다. 그리고 강연을 들으러 먼 길을 마다하고 오는 사람들을 지켜보라. 한 글자라도 놓칠까 봐 메모를 하고, 어떻게든 강연자의 지식을 내 것으로 만들고자 노력하는 모습을 볼 수 있을 것이다.

없는 것 빼고는 전부 있다는 유튜브. 그 속에서 우연히 듣게 된 강연이 있다. "세상을 바꾸는 시간"이라는 강연이다. 마음의 위로도, 삶의 자극도 받았었다. 김창옥 교수님의 "그래, 여기까지 잘 왔다." 라는 강의를 처음 듣게 되었다. 한참 아이를 낳고 우울감에 헤어나지 못할 때여서 강의의 제목만 보고도 보는 내내 눈물을 흘리며 들었던 강의다. 진정성이 느껴졌고, 나만을 위한 위로를 받은 느낌이었다.

하루 종일 김창옥 교수님의 강의만을 찾아 듣기만 한 날도 있었다. 하루 중 잠시만이라도 스스로에게 잘했다는 위로를 해주라는 마지막 조언은 나를 움직이게 하기에 충분했다.

꼭 돈을 들이는 투자가 아니어도 좋다. 책을 읽고 싶다면 인터넷으로 "독서 모임"이라고 그저 검색만 한번 해보라. 수십 개의 독서 모임이 나올 것이고, 그중에 자기에게 맞는 곳 한 가지만 선택하면 그만이다. 아이가 있는 주부를 위한 독서 모임도 있고, 주말 시간을 활용한 모임도 있다. 스스로 여러 가지 사회에서의 역할을 만들어내는 노력을 해보자.

사람이 신기한 건 한번 시도를 하면 일단 하게 되는 것이다. 그 시작이 그렇게 어려울 뿐이다. 그것조차 힘들다면 나처럼 손에 쥔 핸드폰으로 멋진 강사의 강연을 듣기만 해도 좋다. 사람마다 마음에 와닿는 내용이 다를 것이고, 자극의 정도도 다르겠으나 이것만으로도 충분한 투자다.

곁에 있는 사람을 사랑하고 내가 하고 싶은 것을 충분히 하기에도 부족한 시간입니다. 그래서 우리는 스스로에게 자주 물어보아야 합니다.

나는 매일매일 충분히 사랑하며 살고 있는가?

나는 남은 생 동안 간절하게 무엇을 하고 싶은가?

이 두 가지를 하지 않고도 후회하지 않을 수 있을까?

[라틴어 수업 p267, 한동일]

저출산의 늪에서 헤어나지 못하면서도, 내 아이에게만큼은 아낌없이 돈을 쓰는 요즘이다. 자녀의 교육과 미래를 위해 나의 노년과 인생을 뒤로 미루는 부모도 많다. 한 번쯤은 생각해보자.

나를 위한 투자는 일을 하든 하지 않든 누구에게나 필요하다.

나만의 스트레스 관리법

걱정은 흔들의자와 같다.
계속 움직이지만 아무 데도 가지 않는다. - **윌 로저스**

취업 준비는 어렵다. 남들이 정해준 스펙을 다 채운다 해도 회사에서 쉽게 책상을 내어주지는 않는다. 1등, 2등 눈에 보이는 서열이 있는 것도 아니다. 그리고 한껏 기대에 부풀었다가 불합격을 확인하고 나면 누구나 마음을 추스르기 어렵다.

불합격은 많이 겪는다고 덜 아프지 않다. 단지 그 슬픔에서 누가 더 빨리 잊고 새로 시작할 수 있는지에 대한 싸움일 뿐이다. 그 싸움을 잘해야 일어날 수 있다. 그러려면 자신만의 스트레스 관리법 또한 필요하다.

"명상"을 해본 적이 있는지. 혹은 배워본 적 있는지.

"나 혼자 산다" 프로그램에 노라조의 조빈 이라는 가수가 출연했다. 아침에 눈을 뜨자마자 머리맡에서 핸드폰을 꺼내더니 무언가를 듣는다. "명상"이다. 방송에서 워낙 기가 막힌 비주얼로 나오는 가수여서 뜻밖의 모습이었다. 그런데 궁금해졌다. 명상이 뭘까 하고 말이다.

그렇게 명상을 시작했다. 명상에 대해 제대로 배워본 적은 없다. 유튜브에서 "5분 명상"을 검색해 봤다. 잔잔한 음악과 함께 설명이 나온다. 그렇게 하라는 대로 눈을 감고 명상을 시작한다. 나도 그 가수처럼 해봐야지 하고는 시도해 본 것이 스트레스를 해소하는 방법이 되었다.

보통 글을 쓰거나 책을 읽고 싶을 때는 새벽 시간을 이용한다. 집이 조용하기도 하고, 아이를 신경 쓰지 않아도 된다. 다만 잠이 잘 깨지 않는 것이 늘 문제였다. 그런데 눈을 뜨자마자 시작하는 5분 명상 덕분에 신기하게 잠이 깼다. 그리고 머리가 맑아지는 느낌이 든다. 명상 해설가는 말한다.

"당신은 참 잘할 겁니다."

그게 뭐라고 힘이 된다. 일면식도 없는 사람이 해주는 말 한마디가 말이다.

그 뒤로는 머릿속이 복잡할 때나, 책을 읽기 전에도 간단히 명상을 한다. 잠시 눈을 감고 내 호흡에만 집중하는 몇 분의 시간이 하루를 활기차게 시작하도록 해준다. 또한 하루를 정리하게도 해준다.

취업 준비 기간에는 가족들이 건네는 위로의 말조차도 짜증이 나는 순간이 있다. 위로를 바라면서도 관심은 싫은 것이다. 그냥 모른 척해주면 좋겠다.

"발표는 났니?"

"원서는 냈니?"

"어느 회사 썼어?"

"면접은 잘 본 것 같아?"

나도 궁금하다. 과연 면접을 잘 본 건지. 도대체 그 회사는 언제

합격자 발표를 하는 건지 말이다. 명상은 아침이든 저녁이든 상관이 없다. 잠시 나에게만 시간을 낼 수 있고 눈을 감으면 그만이다. 명상 소리에 귀를 기울이고 숨을 천천히 쉬고 나면 생각보다 기분이 좋아진다.

또 한 가지는 "끼적이기"다.

원서를 쓰려면 책상에 앉아야 한다. 회사에 맞게 나를 소개하는 법도 달라져야 하기에 한 번 쓰려고 하면 머리가 아프다. 그리고 내 지원서를 보기는 하는지 의심도 든다. 더군다나 불합격 소식을 접하는 게 일상임에도 불합격을 확인하는 순간 자기소개서 작성은 하루 쉬어야 했다. 어쨌든 이 모든 감정을 눌러가며 다시 컴퓨터를 켜고 자기소개서를 써야 한다.

컴퓨터 전원 버튼을 누르는 것조차도 힘이 든다면, 그냥 종이에 내 마음을 써보자. 뭐가 힘든지, 뭘 하고 싶은지, 뭘 먹고 싶은지, 내가 지금 왜 자기소개서가 쓰기 싫은지 등등. 자유롭게 말이다. 난 욕도 썼다. 쓴 욕을 보고 또 혼자 웃기도 했다. 그게 뭐라고 몇 글자 손으로 끼적이고 나면 마음이 편안해진다.

정말 속이 상할 때는 아이처럼 그냥 낙서도 했다. 대학생 때는 같이 취업 준비를 하는 친구도 있었지만, 경력 공백과 아이까지 있는 상황이면 취업스터디를 하는 것도 쉽지 않다. 그리고 나와 비슷한 상황에 있는 사람들 중에 다시 재취업에 멋지게 성공했다는 성공담은 쉽게 들리지도 않았다.

얼마 전 뉴스에서도 경력단절 여성이 1년 새 1.5만 명이라는 소식이 들려왔다.

나 역시도 재취업의 시작은 계약직이었다. 그리고 계약 기간이 끝날 무렵 다시 집으로 돌아가는 건가라는 생각도 했다. 그럴 때도 적었다. 풀고 있던 NCS 문제집에도 적었고, 손이 닿는 종이 아무 곳에나 적었다. 신경질 나는 마음도, 취업해서 돈 벌면 사고 싶은 것들도 적었다. 그렇게 나 혼자 마음을 달랬다.

이렇게 아무것도 아닌 행동이 스트레스 해소에 도움을 준다. 스트레스는 만병의 근원이라고 하지 않는가. 육체적인 건강 못지않은 건 정신적인 건강이다. 취업을 포기해 버리는 이유도 정신적으로 지쳐 버리기 때문이다. 내 마음을 내가 컨트롤할 수 있어야 진정 건강하다고 할 수 있다. 아이를 키워야 하고 내 인생도 찾아야 하는 취업 준비는 이렇게나 고된 일이다.

운동을 추천하는 건 너무나 당연하다. 다만 이것도 어린이집에 아이를 맡길 수 있는 시간이 가능한 정도의 상태여야 한다는 것이다. 아이가 태어나고 100일 정도가 되기까지 현관문 밖에 잠시 얼굴을 내민 것이 전부였다.

나가고는 싶지만, 아이를 두고 나갈 수도 없고, 마음은 갑갑하고 별의별 생각이 다 드는 시기다. 라디오가 친구가 되었고, 끼적이는 시간이 나에게는 스트레스 해소법이었다.

구직단념자 58만 명 · 50대 실업자 20만 명 돌파…….

통계작성 후 최다

올해 2월 비경제활동인구 가운데 활동상태가 '쉬었음' 으로 분류된 이들의 수는 216만6천 명으로 2003년 1월 통계를 작성한 이후 가장 많았다.

[연합뉴스,2019.03.16]

취업에 있어서 1등은 없다. 누구나 피나는 노력을 하고, 떨어지고, 괴로워한다. 그 과정에서 힘을 놓아버린 취업준비생들은 무력감을 느낀다. 누구나 힘들다. 소리 없이 아파한다. 불합격을 확인하고 나면 매번 가슴이 철렁 내려앉았다.

"나 홀로의 삶"을 즐기는 세대가 부쩍 늘었다. 아이러니한 건 혼자 조용한 시간을 즐기고 싶어 함에도 시끄러운 커피숍을 찾는다는 것이다. 군중 속에서의 혼자를 편하게 느끼는 것이다. 나 역시도 혼자가 편하지만, 그렇다고 인간관계를 전혀 맺지 않고 살아가고 싶지는 않다.

크게 불편하지 않은 인간관계와 적당히 혼자임을 즐길 수 있는 시간을 원하는 것이다. 그런데 취업 준비는 오롯이 혼자다. 스터디를 하는 건 누군가와 힘든 과정을 같이 가고자 하는 심리가 반영됐을 수도 있다. 혼자 공부하지만, 공부한 결과는 공유하는 것이다. 취업 준비를 하면 누구나 슬럼프를 겪는다.

무력감에서 나오지 못하고 주저앉기도 한다. 불합격 통보에 굳은살은 생겼지만, 이미 면역력이 약해진 마음 상태이다 보니 이겨낼 수 있는 항체가 제대로 역할을 하지 못하는 것이다.

취업 그까짓 거 뭐라는 생각으로 덤벼라. 그리고 마음의 면역력을 강하게 해 줄 수 있는 자신만의 스트레스 해소법을 꼭 찾자.

회사를 한번 다녀봤던 취업준비생이라면 계속된 불합격 속에서도 좀 더 의연해졌으면 좋겠다. 취업은 한 번 해봤다고 두 번째가 쉬울 수는 없다. 그리고 우린 공백을 짊어지고 있으니 넘어야 할 산이 더 있을지도 모르겠다.

학교 다닐 때, 공부 잘하는 친구들이 어떻게 공부하는지 보고 따라 해보라는 얘기를 들었었다. 마찬가지로 어떻게 취업에 성공했는지, 어떻게 그 기간을 견뎌냈는지 나와 공유하면서 혼자가 아니라는 걸 알았으면 좋겠다. 나보다 똑똑해서 그들이 취업에 성공한 것이 아니다. 그저 그 회사의 옷을 입혔을 때 가장 잘 맞겠구나라는 판단이 든 사람이어서 취업을 했을 뿐이다.

면접에 대처하는 우리들의 자세

"당황스러운 면접 질문"

"가족관계가 어떻게 되세요?"

수많은 예상 질문을 생각했지만, 가족관계를 물을 줄은 몰랐다. 내 귀를 의심했다. 도대체 나의 가족관계가 왜 궁금한지 되물을 뻔했다. 찰나의 순간 내 머릿속에 떠오른 건 "아이"다. 그렇다. 아이가 있는지 궁금했던 것이다. 그동안 내가 해온 직무 경험보다 면접관이 궁금해 했던 것은 경력단절 여성인지였다. 블라인드 채용으로 가족관계 사항을 적지 않자, 운 좋게 면접까지 가게 되면 으레 저런 질문을 받았다.

정말 생각지도 못했던 질문이라, 찰나의 순간임에도 머뭇거리게 되었다. 웬만하면 면접에서 쉽게 떨지 않던 나다. 그래서 서류만 통과하고 면접까지만 간다면 금방 취업할 수 있을 것이라고 스스로 다독이며 이 자리까지 온 나였다.

손에 땀이 찬다. 아마 당황한 기색이 역력했을 것이다. 그리고 내 머릿속은 이미 뒤죽박죽이다.

'결혼했다고 해야 하겠지? 분명히 애가 있다고 하면 싫어할 것 같은데, 혼자 산다고 해버릴까?'

고민 끝에

"남편과 아이가 있습니다." 짧은 정적.

내 개인적인 느낌일지 모르나, 가족관계에 대해 물어봤던 회사는 두 번 다시 연락이 오지 않았다. 추가 질문도 나오지 않았다. 내 가족관계가 궁금해서 날 이곳까지 부른 것인가 하는 생각이 들 정도였다. 나 역시 더 이상 미련을 갖지 않았다. 또 다른 면접에서는 이런 질문도 나왔다.

"그럼, 애는 누가 봐주나요?", "야근을 하게 되면 할 수 있나요?"

TV에서나 봤었다. 아이가 있는 여성들이 재취업하기 어렵다는 뉴스들, TV에서 나오는 뉴스들 속 이야기의 주인공이 내가 되어있었다. 면접을 봤던 기업들은 이름만 들으면 알만한 회사였다. 그러기에 충격은 배가 됐다. 물론 회사 입장에서는 충분히 그럴 수도 있다. 사람을 뽑았으니 써먹어야 되는데, 계속 집안일로 자리를 비워야 하는 경우가 생긴다면 고민스러울 수도 있겠다 싶긴 하다.

처음 저 질문을 받고 면접장을 나와서는 한참 동안 멍했다. 헛웃음이 나오기도 했다. 화도 났다. 기가 막혔다. 대한민국에서 일을 구하고 있는 아이가 있는 내가 싫어졌다. 괜한 서러움에 울기도 많이 울었다. 정말 당장 내일 밥을 굶는 것도 아닌데, 굳이 이렇게까지 마음이 상해가면서 일을 구해야 하는 건가라는 회의도 들었다.

드라마 "쌈마이웨이"에서 아나운서 지망생 여주인공 면접 장면이 나온다. 압박 면접이라는 이유로 여주인공이 살아온 인생과 열정을 무너뜨리는 면접관의 대사가 이어진다. 그리고 여주인공은 말한다.

"이게 압박 면접 인가요? 인신공격 같은데요. 하지 마세요. 저 붙이실 거 아니잖아요. 그럼 상처도 주지 마세요. 저도 상처받지 않을 권리 있습니다."

대사처럼 속 시원하게 말이라도 하고 나왔어야 했다. 물론 정말 궁금해서 가족관계를 물어봤을 수도 있다. 신입사원을 뽑는데 나이도 경력도 있는 여자가 앉아있으니 어떤 사연인지 궁금했을 법도 하다. 다만, 같이 일하고 회사에 기여할 수 있는 사람을 선발하는 자리에서 가족관계를 굳이 물어봤어야 하는 건가라는 아쉬움이 드는 것도 사실이다.

친구에게 전화를 걸어서 한참을 얘기했던 것 같다. 저런 질문이 혹시 나만 이상하다고 느끼는 건지 말이다. 집에 와서 엄마한테도 말씀드렸다. 나가서 돈 벌지 말고 그냥 없으면 없는 대로 살란다. 딸이 밖에 나가서 그런 얘기를 듣고 왔으니 속이 상하셨을 것이다.

회사의 입장에서 생각을 해보자. 나라는 사람을 채용하는 것이 끝이 아니다. 이 사람이 조직에 들어와서 잘 적응해야 한다. 일할 사람을 뽑는 것이다. 매일 가정 일에 얽매여 본연의 업무를 하는 데 지장이 있다면 조직 분위기에도 좋지 않은 영향을 끼칠 것이다. 동료들과 어우러져 성과를 낼 수 있는지도 고민해야 한다. 그래서 우리에게 저런 질문을 던졌을 것이고, 정말 궁금했을 수도 있다.

그리고 구직을 하는 입장이라면 한 번쯤은 생각해봐야 하는 문제일 수도 있다. 정말 아이를 누군가 충분히 돌봐줄 수 있는 상황인지 말이다.

예상치 못한 질문을 받고 처음에는 어안이 벙벙했다. 이게 현실인가보다. 나의 능력, 혹은 경력보다 더 중요한 건 아이가 있는지 여부다. 그리고 그 아이가 누구 손에 의해 자라나고 있는 지다. 덕분에 정말 내가 준비되었는지에 대해 고민해 본 계기도 됐다. 그 뒤로는 저런 질문에 당당해졌다.

"지금 아이는 뭘 하고 있습니까?

"저처럼 사회생활 하고 있습니다."

"사회생활이요?"

"네. 어린이집에서 수업도 듣고 집단생활하면서 살아가는 법을 배우고 있습니다."

면접관이 웃었다. 한두 번 들었던 질문이 아니기에 이제는 당황스럽지도 않았다. 오히려 당당하게 말하라. 면접관은 아이가 있는 상황에서도 충분히 업무에 집중할 수 있는 사람인지 궁금한 것일 뿐이다.

면접에서는 예상치 못한 질문이 많다. 아무리 그 회사에 대해 알고 준비를 해도 한계가 있는 것이 사실이다. 다만 아이가 있고 공백을 겪었던 나와 비슷한 상황의 구직자라면 반드시 저 질문에 대한 답을 고민해봐야 한다.

한 가지 덧붙이자면, 면접은 '연기'다.

경력 있는 신입이기에 면접장이 낯설지 않을 수도 있다. 그렇다고 면접 대기시간 동안 다른 지원자를 멀뚱멀뚱 바라보는 일은 금물이다. 자기소개서, 회사 관련 자료는 필수다. 인사담당자는 지원자의 대기시간부터 체크를 시작한다고 보면 된다. 면접 대기실에 들어가는 순간 인사담당자가 보인다면 가벼운 목례로라도 인사를 하는 건 기본이다. 면접을 연기라고 표현하는 것도 이러한 이유다.

면접장에서 마주하는 인사담당자는 앞으로 나와 일하게 될지도 모르는 직원을 마주하고 있는 입장이다. 이왕이면 회사에 입사하고자 하는 의지가 눈에 보이는 지원자에게 눈이 가게 마련이다. 대기실에 앉아 스타킹을 올리거나, 풀메이크업을 하고 있지 않도록 주의하자.

경력 있는 신입이더라도 대기실에서는 모두 똑같은 지원자일 뿐이다. 여유를 굳이 드러내는 것이 자만으로 비칠 수도 있다. 사람이 보는 눈은 비슷하다. 이왕이면 약간의 긴장과 면접에 대한 대비를 누구보다 열심히 해 왔다는 것을 온몸으로 표현하고자 노력하자.

'출산율 0.98명 '최악 저출산' 韓, 세계 첫 0명대 국가 됐다.'

지난해 한국의 합계출산율은 0.98명으로 출생통계 작성(1970년)이래 최저치를 기록했다. 여성이 가임기간(15세~49세)에 낳을 것으로 기대되는 평균 출생아 수가 한 명도 되지 않는다. 사실상 세계 유일 '출산율 0명대' 국가에 등극했다.

[출처: 통계청 2018년 인구동향조사/ 중앙일보]

대한민국에서는 인구감소가 심각한 수준에 이르렀다는 언론 보도가 연일 나오고 있다. 기사에 달리는 댓글에는 아이를 낳고서도 회사에 다닐 수 있는 환경이 필요하다는 얘기가 많다. 혹은 아이를 키우려면 돈이 드는데, 경력 공백 이후 재취업은 꿈도 꿀 수 없다는 말도 있다. 틀린 말도 아니다. 면접장에서 나오는 질문들이 현실이다.

대한민국의 현실을 비판하고자 하는 것은 아니다. 새로운 조직으로, 사회 속으로 들어가려는 준비를 하는 이들에게 조금은 혹독한 취업시장을 말해주고자 하는 것이다. 궁극적인 목표는 취업이다. 새로운 기술을 배우거나 창업을 하는 것도 방법이고, 좋다. 다만, 육아로 인해 그동안 차곡차곡 쌓아왔던 커리어를 포기하기에 당신은 너무 아까운 존재다.

"아직, 늦지 않았습니다"

취업이 쉽게 되지 않는다고

자책할 필요도 없다. 그동안 열심히 살아온

인생을 부정하지도 말자.

그저 사회에 조금 일찍 발을 들여놓았느냐,

아니냐의 차이일 뿐이다.

취업 시장에서 홀로 버티고 있을

취업 준비생의 어깨를 다독여주고 싶다.

그리고 늦어버렸다고 생각하는

취업 시장에서도 충분히 설 자리가

있다는 것을 알았으면 좋겠다.

"

권말부록

경쟁력 있는 자기소개서 작성 팁

인재개발실에서 근무할 당시 신입사원 입사지원서를 체크하기도 했었다. 쓰는 입장에서 보는 입장이 되면, 오탈자가 가장 먼저 눈에 띄기 마련이다. 흔한 서류 실수 가운데 하나는 기업의 이름을 잘못 적어 넣는 것이다. 자기소개서를 허투루 적는 지원자는 물론 없겠으나, 기업은 비슷한 스펙의 지원자 가운데 인원을 추려내야 하다 보니 사소한 실수를 치명적인 탈락 사유로 꼽을 수밖에 없다.

그저 떨어뜨릴 건수를 찾았다는 표현이 맞겠다. 기업명 하나 잘못 썼다는 이유로 서류 탈락을 시키더라도 너무나 많은 양질의 지원자가 있기 때문이다. 인사담당자는 어쨌든 서류 심사를 통해 정해진 인원수를 선발해야 한다. 어찌 보면 실수를 찾아내어 탈락 사유를 만드는 것이 담당자의 역할인 것이다.

인사담당자의 입장에서는 자기소개서만 보더라도 지원자의 모습이 그려지는 서류를 합격시키게 된다. 그리고 참으로 신기한 건 여러 명이 돌아가면서 서류를 확인하더라도 공통적으로 선발하게 되는 지원자가 있다는 것이다.

분명 합격하는 자기소개서는 뭔가 다른 점이 있다. 인사담당자는 모든 자기소개서를 '본다.' 다만 합격하는 자기소개서는 '읽는다.'

어떤 자기소개서가 읽힐까.

첫째, 문장을 길게 쓰지 않는다

간결하게 써야 한다. 복잡한 미사여구 대신 임팩트 있는 소제목을 붙이라고 강조하는 것도 이런 이유다. 인사담당자는 모든 자기소개서를 읽는다. 다만 자세히 읽지 않을 뿐이다. '본다.' 라는 표현이 더 적당하겠다. 너무 길다면 접속사를 사용하여 2개의 문장으로 나눠보자. 인사담당자가 "읽기" 쉽게, 즉, 가독성이 좋도록 말이다.

"42.195Km 마라톤 풀코스 완주를 통해 나의 한계를 경험하고, 앞으로 인생의 어려움이 있더라도 결코 좌절하지 않는 용기를 얻었습니다."

라는 문장을 인사담당자의 눈으로 보자. 42.195Km, 마라톤, 완주. 문장을 읽었으나 눈에 보이는 건 저 단어 3가지다. 인생의 어려움과 좌절과 용기는 그저 눈으로 바라봤을 뿐이다. 그리고 우리의 자기소개서는 탈락으로 분류될 것이다.

"42.195Km 마라톤 완주"
인생의 어떤 어려움도 이겨낼 수 있습니다.

라고 간결하게 수정한다면 보는 것이 아닌 읽게 되는 자기소개서가 된다. 그리고 분량이 어느 정도 맞춰졌다면 꼭 프린트를 해서 다시 보자. 모니터로 읽으면서 수정하던 것과는 또 다른 수정사항이 반드시 발견된다. 그리고 인사담당자 역시 종이에 인쇄된 지원서를 보게 될 테니, 읽는 이의 입장에서 수정하는 것은 당연하다.

취업에 합격한 선배들의 자기소개서를 읽고 나서 느낀 점은 한가지다.

'정말 이 사람 같다.'

글로만 보더라도 지원자의 모습이 눈에 그려지는 것이다. 수많은 자기소개서 중에서 인사담당자로 하여금 지원자의 모습이 궁금해지도록 느껴져야 한다.

둘째, 중복되는 단어를 피하자

대표적인 단어는 "저는", "스스로", "제가" 이다. 자기소개서는 누가 보더라도 지원자의 이야기다. 나를 지칭하는 다양한 표현은 굳이 없어도 좋다. 주어 없이 결론부터 간결하게 말한다며 좀 더 힘 있는 자기소개서가 된다. 아래 예시를 보자.

"제가 대학교 3학년 동아리 활동을 할 때 일입니다. 저의 동기들과 함께 기업의 사회적 가치 실천 방안에 대한 발표를 앞두고, 저의 담당 교수님이 추천해주시는 기업으로 일정을 잡고 기업의 홍보담당 직원을 직접 만날 수 있었습니다. 기업에서 실제 하고 있는 사례를 접한 뒤, 스스로가 기업은 단지 수익만을 추구하는 것이 아니라, 공공의 이익을 위해서도 큰 역할을 하고 있음을 느낄 수 있었습니다."

약 200자 되는 자기소개서의 일부다. 문장은 3개로 이루어져 있다. 어떤 단어가 눈에 띄는가. 인사담당자가 '보는' 것이 아닌 '읽게' 되는 문장이 몇 개일지 생각해보자. 3문장 모두에 자신을 지칭하는 단어가 들어가 있다. 불필요하다.

굳이 나의 얘기임을 언급하지 않아도 좋다. 그 단어만 빼더라도 훨씬 문장에 힘이 들어간다. 게다가 기업이라는 단어 역시 불필요한 반복의 연속이다. 문장이 힘을 얻으려면 추측이나 불확실한 단정을 나타내는 말은 자제하는 것이 좋다. 마치 다른 사람의 이야기처럼 느껴질 수도 있고, 본인이 해낸 일에 대해 확신이 없어 보이기도 하기 때문이다.

셋째, 다양한 글감을 찾아라.

열심히는 살아왔는데 막상 자기소개서에는 쓸 내용이 없다는 얘기를 많이 한다. 남들 다 하는 아르바이트와 겨우 동아리 활동 하나 했다고 말이다. 그마저도 제대로 하지 않아 쓸 거리가 없어 괴로워한다. 자기소개서 작성 화면만 멍하니 바라보면서 몇 글자 적다가 지우고, 다시 쓰기를 반복한다. 결국엔 예전에 썼던 자기소개서를 꺼내서 일단 붙여넣기로 칸을 채운다.

공백이 있고 난 뒤 자기소개서는 더욱 막연하다. 머릿속은 이미 "육아"가 전부다. 하루 종일 아이와 씨름했던 일 외에는 나를 소개할 내용이 전혀 없다고 생각한다. 아래는 2019년 상반기 건강보험심사평가원 신입사원 지원서 문항이다.

[자기개발능력] 본인이 우리원 직무를 수행함에 있어 타인과 비교하여 차별화된 자신의 핵심 경쟁력이 무엇인지 기술하고, 해당 경쟁력을 보유하게 된 경력 또는 경험을 기술해주시기 바랍니다. (최소 200자, 최대 500자 입력가능)

[자원관리능력] 본인이 지금까지 살아오면서 기존의 제도나 시스템을 지속적으로 개선함으로써 본인이 속한 조직에 새로운 변화를 주도하고 조직의 성과를 향상시켰던 경험에 대해 기술해주시기 바랍니다. (최소 200자, 최대 500자 입력가능)

[의사소통능력] 본인이 상대방을 설득하기 위해 활용하고 있는 자신만의 의사표현 방법이나 방식을 구체적인 사례로 기술해주시기 바랍니다. (최소 200자, 최대 500자 입력가능)

[직업윤리] 본인이 생각하기에 우리원의 주요업무를 수행하는데 가

장 중요한 직업윤리가 무엇이며, 직업윤리가 왜 중요한지 본인의 가치관을 중심으로 기술해주시기 바랍니다. (최소 200자, 최대 500자 입력가능)

신입사원을 선발하는 경우 공백이 있는 우리의 경쟁력은 바로 경력이다. 보통 공백이 있고 나서 자기소개서를 쓰려고 하면 위축되기 쉽다. 머릿속에는 육아밖에 없고, 그동안 내가 해왔던 직장생활은 기억이 가물가물하다.

경력 있는 신입사원으로 지원한다면 정량적인 수치를 제시할 수 있는 내용을 제시하는 것이 중요하다. 채용 담당을 했다면, 몇 명의 인원을 채용했고, 프로젝트를 수행했다면 얼마의 매출과 수익을 창출했는지 등이다. 아무래도 자기소개서에 숫자가 들어간다면 시선이 갈 수밖에 없다.

포스트잇과 마인드맵을 활용한 글감 찾기

조용하게 자기만의 시간을 가질 수 있을 때 책상에 앉는다. A4용지를 꺼내놓고 일단 생각나는 대로 그동안 내가 해왔던 일을 다 적어본다. 사소한 것도 모두 생각이 난다면 적어라. 이때 포스트잇을 사용하면 좋다. 나중에 중요도에 따라 분류하기가 쉽기 때문이다. 또는 마인드맵을 활용하는 것도 좋다. 거창하게 색깔 펜이 없더라도 중심 이미지에 "나"를 놓고 역량별로 쭉쭉 이미지를 그려나가면 그만이다.

예를 들면 아래와 같다.

아르바이트– 커피숍 – 주말알바 – 서빙 – 케이크 외우기 – 사진 – 성공 – 더 이상 서빙 없음 – 커피 제조

[커피라 쓰고 케이크라 읽는다]

커피를 주문하면 조각 케이크를 한 개씩 서비스를 줬던 가게였습니다. 티라미수, 뉴욕케이크, 피칸파이 등등 약 20개 정도의 케이크가 있었습니다. 케이크 이름을 빨리 외우는 것이 무엇보다 중요했습니다. 같이 일했던 친구는 일하다 보면 금방 외울 수 있다며 천천히 하라고 조언했습니다. 그런데 케이크 이름을 모르니 힘들어지는 건 저였습니다. 어떤 케이크가 맛있는지 추천이라도 해달라는 손님이 있으면 더욱 진땀을 뺐습니다. 그래서 케이크를 전부 사진 찍어서 집으로 가져갔습니다. 단번에 외워지지는 않았지만, 틈틈이 보면서 중얼거렸습니다. 그렇게 빠르게 업무를 익히게 돼서 사장님의 신임을 얻을 수 있었습니다.

이후 힘들게 매장 서빙만 하지 않았고, 음료 제조도 직접 하고 배울 수 있는 기회도 얻을 수 있었습니다. 그렇게 사소하지만 일하는 방법을 찾아가며 적응해갔습니다.

영업관리직에 지원하며 과거 해오던 업무 방식을 고수하는 직원이 되지 않겠습니다. 작은 일도 좀 더 효율적으로, 잘하는 일은 최고가 되는 일로 혁신할 수 있는 직원이 되겠습니다.

누구나 하는 흔하디흔한 아르바이트 경험이다. 자기소개서에 못 담을 이유가 전혀 없다. 인사담당자에게 내가 누구인지 알릴 수 있는 공감 가는 일화 하나면 충분하다. 해외에서 학위를 따오지 않더라도, 어학연수나 여행 경험이 없더라도 실패한 인생은 아니다. 대한민국에서 열심히 살지 않는 사람은 없다. 그저 담담하고 솔직하게 나를 보여주면 그만이다.

인사담당자가 글을 보면서 어떤 지원자일지 궁금하게 만드는 것이 자기소개서를 쓰는 이유임을 잊지 말자.

"글감을 메모하는 단계에서는 '이 글감은 사용 가치가 있을까?' 하는 불필요한 걱정 따윈 접고 생각나는 대로 써간다. 그렇게 글감이 10~20개 모였을 때, 모든 글감을 전체적으로 재점검한다. 각 글감을 한 장의 잎으로 보고 그것을 모으다 보면 가지가 보일 것이다."

(읽으면 진짜 글재주 없어도 글이 절로 써지는 책, p108, 우에사카 도루, 위즈덤하우스)

어찌 되었거나 눈에 띄는 자기소개서는 있게 마련이다. 수많은 자기소개서 가운데 인사담당자의 눈을 사로잡아야 한다. 아무리 정신없이 지원을 하더라도 꼭 가고 싶은 기업 한두 군데는 있기 마련이다.

그런 기업을 위해서라도 Best 자기소개서 하나는 작성해두자. 비슷한 문항의 질문에 대비하기 위해서라도 필요한 작업이다. 결국 자기소개서도 글이다. 다양한 글감을 가지고 읽는 이로 하여금 흥미를 끌 수 있어야 한다.

"나 홀로 취업 준비, 외롭다"

입사지원서 최종 제출 버튼을 클릭했다. 취업 사이트에는 지원자가 만 명이 넘었다는 얘기가 돈다. 다들 취업을 준비하고 있으나 얼굴 한번 보고 말 한마디 섞어본 사람은 없다. 그나마 대학 졸업반일 때는 취업스터디도 했었고, 갓 입사한 선배들이나 동기들과 푸념을 털어놓는 자리도 종종 있었다. 외롭다는 생각보다 동지가 있어 든든하다는 마음이 들기도 했다.

그러나 법에서 정해준 청년의 마지막에 서 있는 시점에서의 취업 준비는 혼자다. 다들 일할 회사를 구하고는 있는 것 같은데 주변에는 한 명도 없었다. 동네에서 알게 된 또래의 아이 엄마들은 재취업은 꿈도 못 꿀 상황이거나 혹은 육아휴직 중이었다. 굳이 다른 회사를 알아볼 필요가 없는 사람들이 전부였다.

간혹 아이가 좀 크면 일을 해야겠다는 얘기를 하는 사람들 역시도 막연하기만 할 뿐 적극적으로 무언가를 시도하지는 않았다. 그리고 일자리를 구해봤지만 그 정도 월급을 받느니 아이를 돌보는 게 낫다는 얘기를 더 많이 하기도 했다. 또 어떤 분은 막상 일을 시작해 보니 아이를 혼자 두는 시간이 늘고 자책감만 늘어 일을 그만두었다고도 말하기도 했다.

누구나 먹고산다. 먹고사는 방법은 여러 가지다. 유튜버를 하며 억대 연봉을 번다는 사람도 있고, 1인 기업으로 자신만의 콘텐츠를 개발해 미래를 개척해 나가는 사람도 있다. 최근에는 디지털 노마드(Digital Nomad)족처럼 디지털 장비를 구비하고 다니면서 언제 어디서든 구애받지 않고 소득을 창출하는 사람들까지도 있다.

먹고 살아가는 방법에 정답은 없다. 다만 특출하게 특별한 아이디어가 있어 갑자기 1인 기업으로 살아갈 수는 없기에 취업 시장에 나왔다. 경쟁자는 있으나 눈으로 보이지 않고, 마음속 답답함을 토로하고 싶으나 말할 곳은 없다. 이곳저곳에 지원해보고 맥없이 떨어지는 불합격만 맛보고는 포기했다는 얘기를 읽게 될 때면 더욱 힘들었다. 그래서 취업에 성공했을 때 어딘가에 나처럼 고군분투하며 취업 시장을 뚫은 이가 있다는 얘기를 꼭 하고 싶었다.

살면서 한 번쯤은 다니게 되는 회사. 비슷비슷한 회사생활. 취업해서 회사에 다니고 있는 워킹맘이 되어 있는 모습이 결코 대단한 일은 아니다. 어찌 보면 남들 다 하고 있는 먹고사는 일 중 가장 보편적인 모습으로 살아가는 것일 뿐이다.

취업이 쉽게 되지 않는다고 자책할 필요도 없다. 그동안 열심히 살아온 인생을 부정하지도 말자. 그저 사회에 조금 일찍 발을 들여놓았느냐, 아니냐의 차이일 뿐이다. 게다가 회사에 다녀본 사람이면 알 것이다. 입사와 동시에 또 다른 문제들이 튀어나온다는 것을 말이다.

마지막으로 이 책을 통해 취업 시장에서 홀로 버티고 있을 취업 준비생의 어깨를 다독여주고 싶다. 그리고 늦어버렸다고 생각하는 취업 시장에서도 충분히 설 자리가 있다는 것을 알았으면 좋겠다.